Paul Heyse
L'Arrabbiata, Auferstanden

fabula Verlag Hamburg

Heyse, Paul: LÀrrabbiata, Auferstanden. Novellen. Neuauflage. 2014
ISBN: 978-3-95855-142-8

Umschlaggestaltung: fabula Verlag Hamburg

Bibliografische Information der Deutschen Nationalbibliothek: Die Deutsche Nationalbibliothek verzeichnet diese Publikation in der Deutschen Nationalbibliografie; detaillierte bibliografische Daten sind im Internet über https://dnb.de abrufbar.

Der fabula Verlag Hamburg ist ein Imprint der Bedey & Thoms Media GmbH, Hermannstal 119k, 22119 Hamburg

---

fabula Verlag Hamburg, 2014
https://fabula-verlag-hamburg.de/
Gedruckt in Deutschland

Paul Heyse

L`Arrabbiata, Auferstanden

Novellen

INHALT

L’ARRABBIATA

(1853)

Die Sonne war noch nicht aufgegangen. Über dem Vesuv lagerte eine breite graue Nebelschicht, die sich nach Neapel hinüberdehnte und die kleinen Städte an jenem Küstenstrich verdunkelte. Das Meer lag still. An der Marine aber, die unter dem hohen Sorrentiner Felsenufer in einer engen Bucht angelegt ist, rührten sich schon Fischer mit ihren Weibern, die Kähne mit Netzen, die zum Fischen über Nacht draußen gelegen hatten, an großen Tauen ans Land zu ziehen. Andere rüsteten ihre Barken, richteten die Segel zu und schleppten Ruder und Segelstangen aus den großen vergitterten Gewölben vor, die tief in den Felsen hineingebaut über Nacht das Schiffgerät bewahren. Man sah Keinen müßig gehn; denn auch die Alten, die keine Fahrt mehr machen, reihten sich in die große Kette Derer ein, die an den Netzen zogen, und hie und da stand ein Mütterchen mit der Spindel auf einem der flachen Dächer, oder machte sich mit den Enkeln zu schaffen, während die Tochter dem Manne half.

Siehst du, Rachela, da ist unser Padre Curato, sagte eine Alte zu einem kleinen Ding von zehn Jahren, das neben ihr sein Spindelchen schwang. Eben steigt er ins Schiff. Der Antonino soll ihn nach Capri hinüberfahren. Maria Santissima, was sieht der ehrwürdige Herr noch verschlafen aus! – Und damit winkte sie mit der Hand einem kleinen freundlichen Priester zu, der unten sich eben zurechtsetzte in der Barke, nachdem er seinen schwarzen Rock sorgfältig aufgehoben und über die Holzbank gebreitet hatte. Die Andern am Strand hielten mit der Arbeit ein, um ihren Pfarrer abfahren zu sehen, der nach rechts und links freundlich nickte und grüßte.

Warum muß er denn nach Capri, Großmutter? fragte das Kind. Haben die Leute dort keinen Pfarrer, daß sie unsern borgen müssen?

Sei nicht so einfältig, sagte die Alte. Genug haben sie da und die schönsten Kirchen und sogar einen Einsiedler, wie wir ihn nicht haben. Aber da ist eine vornehme Signora, die hat lange hier in Sorrent gewohnt und war sehr krank, daß der Padre oft zu ihr mußte mit dem Hochwürdigsten, wenn sie dachten, sie übersteht keine Nacht mehr. Nun, die heilige Jungfrau hat ihr beigestanden, daß sie wieder frisch und gesund worden ist und hat alle Tage im Meere baden können. Als sie von hier fort ist, nach Capri hinüber, hat sie noch einen schönen Haufen Ducaten an die Kirche geschenkt und an das arme Volk, und hat nicht fort wollen, sagen sie, ehe der Padre nicht versprochen hat, sie drüben zu besuchen, daß sie ihm beichten kann. Denn es ist erstaunlich, was sie auf ihn hält. Und wir können uns segnen, daß wir ihn zum Pfarrer haben, der Gaben hat wie ein Erzbischof, und dem die hohen Herrschaften nachfragen. Die Madonna sei mit ihm! – Und damit winkte sie zum Schiffchen hinunter, das eben abstoßen wollte.

Werden wir klares Wetter haben, mein Sohn? fragte der kleine Priester und sah bedenklich nach Neapel hinüber.

Die Sonne ist noch nicht heraus, erwiederte der Bursch. Mit dem bischen Nebel wird sie schon fertig werden.

So fahr zu, daß wir vor der Hitze ankommen.

Antonino griff eben zu dem langen Ruder, um die Barke ins Freie zu treiben, als er plötzlich inne hielt und nach der Höhe des steilen Weges hinaufsah, der von dem Städtchen Sorrent zur Marine hinabführt.

Eine schlanke Mädchengestalt ward oben sichtbar, die eilig die Steine hinabschritt und mit einem Tuch winkte. Sie trug ein Bündelchen unterm Arm, und ihr Aufzug war dürftig genug. Doch hatte sie eine fast vornehme, nur etwas wilde

Art, den Kopf in den Nacken zu werfen, und die schwarze Flechte, die sie vorn über der Stirn umgeschlungen trug, stand ihr wie ein Diadem.

Worauf warten wir? fragte der Pfarrer.

Es kommt da noch jemand auf die Barke zu, der auch wohl nach Capri will. Wenn Ihr erlaubt, Padre – es geht darum nicht langsamer, denn es ist nur ein junges Ding von kaum achtzehn Jahr.

In diesem Augenblick trat das Mädchen hinter der Mauer hervor, die den gewundenen Weg einfaßt. Laurella! sagte der Pfarrer. Was hat sie in Capri zu tun?

Antonino zuckte die Achseln. – Das Mädchen kam mit hastigen Schritten heran und sah vor sich hin.

Guten Tag, l'Arrabbiata! riefen einige von den jungen Schiffern. Sie hätten wohl noch mehr gesagt, wenn die Gegenwart des Curato sie nicht in Respect gehalten hätte; denn die trotzige stumme Art, in der das Mädchen ihren Gruß hinnahm, schien die Übermütigen zu reizen.

Guten Tag, Laurella, rief nun auch der Pfarrer. Wie steht's? Willst du mit nach Capri?

Wenn's erlaubt ist, Padre!

Frage den Antonino, der ist der Patron der Barke. Ist jeder doch Herr seines Eigentums und Gott Herr über uns Alle.

Da ist ein halber Carlin, sagte Laurella, ohne den jungen Schiffer anzusehen. Wenn ich dafür mitkann.

Du kannst's besser brauchen, als ich, brummte der Bursch und schob einige Körbe mit Orangen zurecht, daß Platz wurde. Er sollte sie in Capri verkaufen, denn die Felseninsel trägt nicht genug für den Bedarf der vielen Besucher.

Ich will nicht umsonst mit, erwiederte das Mädchen, und die schwarzen Augenbrauen zuckten.

Komm nur, Kind, sagte der Pfarrer. Er ist ein braver Junge und will nicht reich werden von deinem bischen Armut. Da, steig ein – und er reichte ihr die Hand – und setz dich hier neben mich. Sieh, da hat er dir seine Jacke hingelegt, daß du weicher sitzen sollst. Mir hat er's nicht so gut gemacht. Aber junges Volk, das treibt's immer so. Für Ein kleines Frauenzimmer wird mehr gesorgt, als für zehn geistliche Herren. Nun nun, brauchst dich nicht zu entschuldigen, Tonino. Es ist unsers Herrgotts Einrichtung, daß sich Gleich zu Gleich hält.

Laurella war inzwischen eingestiegen und hatte sich gesetzt, nachdem sie die Jacke ohne ein Wort zu sagen beiseit geschoben hatte. Der junge Schiffer ließ sie liegen und murmelte was zwischen den Zähnen. Dann stieß er kräftig gegen den Uferdamm, und der kleine Kahn flog in den Golf hinaus.

Was hast du da im Bündel? fragte der Pfarrer, während sie nun übers Meer hintrieben, das sich eben von den ersten Sonnenstrahlen lichtete.

Seide, Garn und ein Brod, Padre. Ich soll die Seide an eine Frau in Capri verkaufen, die Bänder macht, und das Garn an eine andere.

Hast du's selbst gesponnen?

Ja, Herr.

Wenn ich mich recht erinnere, hast du auch gelernt, Bänder machen.

Ja, Herr. Aber es geht wieder schlimmer mit der Mutter, daß ich nicht aus dem Hause kann und einen eignen Webstuhl können wir nicht bezahlen.

Geht schlimmer! Oh, oh! Da ich um Ostern bei euch war, saß sie doch auf.

Der Frühling ist immer die böseste Zeit für sie. Seit wir die großen Stürme hatten und die Erdstöße, hat sie immer liegen müssen vor Schmerzen.

Laß nicht nach mit Beten und Bitten, mein Kind, daß die heilige Jungfrau Fürbitte tut. Und sei brav und fleißig, damit dein Gebet erhört werde.

Nach einer Pause: Wie du da zum Strand herunterkamst,

riefen sie dir zu: Guten Tag, l'Arrabbiata! Warum heißen sie dich so? Es ist kein schöner Name für eine Christin, die sanft sein soll und demütig.

Das Mädchen glühte über das ganze braune Gesicht und ihre Augen funkelten.

Sie haben ihren Spott mit mir, weil ich nicht tanze und singe und viel Redens mache, wie Andere. Sie sollten mich gehen lassen; ich tu' ihnen ja nichts.

Du könntest aber freundlich sein zu Jedermann. Tanzen und singen mögen Andere, denen das Leben leichter ist. Aber ein gutes Wort geben schickt sich auch für einen Betrübten.

Sie sah vor sich nieder und zog die Brauen dichter zusammen, als wollte sie ihre schwarzen Augen drunter verstecken. Eine Weile fuhren sie schweigend dahin. Die Sonne stand nun prächtig über dem Gebirg, die Spitze des Vesuv ragte über die Wolkenschicht heraus, die noch den Fuß umzogen hielt, und die Häuser auf der Ebene von Sorrent blickten weiß aus den grünen Orangengärten hervor.

Hat jener Maler nichts wieder von sich hören lassen, Laurella, jener Napolitaner, der dich zur Frau haben wollte? fragte der Pfarrer.

Sie schüttelte den Kopf.

Er kam damals, ein Bild von dir zu machen. Warum hast du's ihm abgeschlagen?

Wozu wollt' er es nur? Es sind Andere schöner als ich. Und dann – wer weiß, was er damit getrieben hätte. Er hätte mich damit verzaubern können und meine Seele beschädigen, oder mich gar zu Tode bringen, sagte die Mutter.

Glaube nicht so sündliche Dinge, sprach der Pfarrer ernsthaft. Bist du nicht immer in Gottes Hand, ohne dessen Willen dir kein Haar vom Haupte fällt? Und soll ein Mensch mit so einem Bild in der Hand stärker sein als der Herrgott? – Zudem konntest du ja sehen, daß er dir wohlwollte. Hat er dich sonst heiraten wollen?

Sie schwieg.

Und warum hast du ihn ausgeschlagen? Es soll ein braver Mann gewesen sein und ganz stattlich und hätte dich und deine Mutter besser ernähren können, als du es nun kannst mit dem bischen Spinnen und Seidewickeln.

Wir sind arme Leute, sagte sie heftig, und meine Mutter nun gar seit so lange krank. Wir wären ihm nur zur Last gefallen. Und ich tauge auch nicht für einen Signore. Wenn seine Freunde zu ihm gekommen wären, hätte er sich meiner geschämt.

Was du auch redest! Ich sage dir ja, daß es ein braver Herr war. Und überdies wollte er ja nach Sorrent übersiedeln. Es wird nicht bald so Einer wiederkommen, der wie recht vom Himmel geschickt war, um euch aufzuhelfen.

Ich will gar keinen Mann, niemals! sagte sie ganz trotzig und wie vor sich hin.

Hast du ein Gelübde getan, oder willst in ein Kloster gehn?

Sie schüttelte den Kopf.

Die Leute haben recht, die dir deinen Eigensinn vorhalten, wenn auch jener Name nicht schön ist. Bedenkst du nicht, daß du nicht allein auf der Welt bist, und durch diesen Starrsinn deiner kranken Mutter das Leben und ihre Krankheit nur bitterer machst? Was kannst du für wichtige Gründe haben, jede rechtschaffene Hand abzuweisen, die dich und die Mutter stützen will? Antworte mir, Laurella!

Ich habe wohl einen Grund, sagte sie leise und zögernd. Aber ich kann ihn nicht sagen.

Nicht sagen? Auch mir nicht? Nicht deinem Beichtvater, dem du doch sonst wohl zutraust, daß er es gut mit dir meint? Oder nicht?

Sie nickte.

So erleichtere dein Herz, Kind. Wenn du Recht hast, will ich der Erste sein, dir Recht zu geben. Aber du bist jung und kennst die Welt wenig, und es möchte dich später einmal gereuen, wenn du um kindischer Gedanken willen dein Glück verscherzt hast.

Sie warf einen flüchtigen scheuen Blick nach dem Burschen hinüber, der emsig rudernd hinten im Kahn saß und die wollene Mütze tief in die Stirn gezogen hatte. Er starrte zur Seite ins Meer und schien in seine eigenen Gedanken versunken zu sein. Der Pfarrer sah ihren Blick und neigte sein Ohr näher zu ihr.

Ihr habt meinen Vater nicht gekannt, flüsterte sie, und ihre Augen sahen finster.

Deinen Vater? Er starb ja, denk' ich, da du kaum zehn Jahr alt warst. Was hat dein Vater, dessen Seele im Paradiese sein möge, mit deinem Eigensinn zu schaffen?

Ihr habt ihn nicht gekannt, Padre. Ihr wißt nicht, daß er allein Schuld ist an der Krankheit der Mutter.

Wie das?

Weil er sie mißhandelt hat und geschlagen und mit Füßen getreten. Ich weiß noch die Nächte, wenn er nach Hause kam und war in Wut. Sie sagte ihm nie ein Wort und tat Alles, was er wünschte. Er aber schlug sie, daß mir das Herz brechen wollte. Ich zog dann die Decke über den Kopf und tat als ob ich schliefe, weinte aber die ganze Nacht. Und wenn er sie dann am Boden liegen sah, verwandelt' er sich plötzlich und hob sie auf und küßte sie, daß sie schrie, er werde sie ersticken. Die Mutter hat mir verboten, daß ich nie ein Wort davon sagen soll; aber es griff sie so an, daß sie nun die langen Jahre, seit er todt ist, noch nicht wieder gesund worden ist. Und wenn sie früh sterben sollte, was der Himmel verhüte, ich weiß wohl, wer sie umgebracht hat.

Der kleine Priester wiegte das Haupt und schien unschlüssig, wie weit er seinem Beichtkind Recht geben sollte. Endlich sagte er: Vergieb ihm, wie ihm deine Mutter vergeben hat. Hefte nicht deine Gedanken an jene traurigen Bilder,

Laurella. Es werden bessere Zeiten für dich kommen, und dich Alles vergessen machen.

Nie vergess' ich das, sagte sie und schauerte zusammen. Und wißt, Padre, darum will ich eine Jungfrau bleiben, um Keinem untertänig zu sein, der mich mißhandelte und dann liebkos'te. Wenn mich jetzt Einer schlagen oder küssen will, so weiß ich mich zu wehren. Aber meine Mutter durfte sich schon nicht wehren, nicht der Schläge erwehren und nicht der Küsse, weil sie ihn lieb hatte. Und ich will keinen so lieb haben, daß ich um ihn krank und elend würde.

Bist du nun nicht ein Kind und sprichst wie Eine, die nichts weiß von dem, was auf Erden geschieht? Sind denn alle Männer wie dein armer Vater war, daß sie jeder Laune und Leidenschaft nachgeben und ihren Frauen schlecht begegnen? Hast du nicht rechtschaffne Menschen genug gesehn in der ganzen Nachbarschaft, und Frauen, die in Frieden und Einigkeit mit ihren Männern leben?

Von meinem Vater wußt' es auch Niemand, wie er zu meiner Mutter war, denn sie wäre eher tausendmal gestorben, als es einem sagen und klagen. Und das Alles, weil sie ihn liebte. Wenn es so um die Liebe ist, daß sie einem die Lippen schließt, wo man Hülfe schreien sollte, und einen wehrlos macht gegen Ärgeres, als der ärgste Feind einem antun könnte, so will ich nie mein Herz an einen Mann hängen.

Ich sage dir, daß du ein Kind bist und nicht weißt, was du sprichst. Du wirst auch viel gefragt werden von deinem Herzen, ob du lieben willst oder nicht, wenn seine Zeit gekommen ist; dann hilft Alles nicht, was du dir jetzt in den Kopf setzest. – Wieder nach einer Pause: Und jener Maler, hast du ihm auch zugetraut, daß er dir hart begegnen würde?

Er machte so Augen, wie ich sie bei meinem Vater gesehen habe, wenn er der Mutter abbat und sie in die Arme nehmen wollte, um ihr wieder gute Worte zu geben. Die Augen kenn' ich. Es kann sie auch Einer machen, der's übers Herz bringt, seine Frau zu schlagen, die ihm nie was zu Leide getan hat. Mir graute, wie ich die Augen wieder sah.

Darauf schwieg sie beharrlich still. Auch der Pfarrer schwieg. Er besann sich wohl auf viele schöne Sprüche, die er dem Mädchen hätte vorhalten können. Aber die Gegenwart des jungen Schiffers, der gegen das Ende der Beichte unruhiger geworden war, verschloß ihm den Mund.

Als sie nach einer zweistündigen Fahrt in dem kleinen Hafen von Capri anlangten, trug Antonino den geistlichen Herrn aus dem Kahn über die letzten flachen Wellen, und setzte ihn ehrerbietig ab. Doch hatte Laurella nicht warten wollen, bis er wieder zurück watete und sie nachholte. Sie nahm ihr Röckchen zusammen, die Holzpantöffelchen in die rechte, das Bündel in die linke Hand und plätscherte hurtig ans Land.

Ich bleibe heut wohl lang auf Capri, sagte der Padre, und du brauchst nicht auf mich zu warten. Vielleicht komm' ich gar erst morgen nach Haus. Und du, Laurella, wenn du heimkommst, grüße die Mutter. Ich besuche euch in dieser Woche noch. Du fährst doch noch vor der Nacht zurück?

Wenn Gelegenheit ist, sagte das Mädchen, und machte sich an ihrem Rock zu schaffen.

Du weißt, daß ich auch zurück muß, sprach Antonino, wie er meinte, in sehr gleichgültigem Ton. Ich wart' auf dich bis Ave Maria. Wenn du dann nicht kommst, soll mir's auch gleich sein.

Du mußt kommen, Laurella, fiel der kleine Herr ein. Du darfst deine Mutter keine Nacht allein lassen. – Ist's weit, wo du hin mußt?

Auf Anacapri, in eine Vigne.

Und ich muß auf Capri zu. Behüt' dich Gott, Kind, und dich, mein Sohn!

Laurella küßte ihm die Hand, und ließ ein Lebtwohl fallen, in das sich der Padre und Antonino teilen mochten. Antonino indessen eignete sich's nicht zu. Er zog seine Mütze vor dem Padre und sah Laurella nicht an.

Als sie ihm aber beide den Rücken gekehrt hatten, ließ er seine Augen nur kurze Zeit mit dem geistlichen Herrn wandern, der über das tiefe Kieselgeröll mühsam hinschritt, und schickte sie dann dem Mädchen nach, das sich rechts die Höhe hinauf gewandt hatte, die Hand über die Augen haltend gegen die scharfe Sonne. Eh sich der Weg oben zwischen Mauern zurückzog, stand sie einen Augenblick still, wie um Atem zu schöpfen, und sah um. Die Marine lag zu ihren Füßen, ringsum türmte sich der schroffe Fels, das Meer blaute in seltener Pracht – es war wohl ein Anblick, des Stehenbleibens wert. Der Zufall fügte es, daß ihr Blick, bei Antonino's Barke vorübereilend, sich mit jenem Blick begegnete, den Antonino ihr nachgeschickt hatte. Sie machten beide eine Bewegung, wie Leute, die sich entschuldigen wollen, es sei etwas nur aus Versehen geschehen, worauf das Mädchen mit finsterm Munde ihren Weg fortsetzte.

* * *

Es war erst eine Stunde nach Mittag, und schon saß Antonino zwei Stunden lang auf einer Bank vor der Fischerschenke. Es mußte ihm was durch den Sinn gehen, denn alle fünf Minuten sprang er auf, trat in die Sonne hinaus, und überblickte sorgfältig die Wege, die links und rechts nach den zwei Inselstädtchen führen. Das Wetter sei ihm bedenklich, sagte er dann zu der Wirtin der Osterie. Es sei wohl klar, aber er kenne diese Farbe des Himmels und Meeres. Gerade so hab' es ausgesehen, eh der letzte große Sturm war, wo er die englische Familie nur mit Not ans Land gebracht habe. Sie werde sich erinnern.

Nein, sagte die Frau.

Nun, sie solle an ihn denken, wenn sich's noch vor Nacht verändere.

Sind viel Herrschaften drüben? fragte die Wirtin nach einer Weile.

Es fängt eben an. Bisher hatten wir schlechte Zeit. Die wegen der Bäder kommen, ließen auf sich warten.

Das Frühjahr kam spät. Habt ihr mehr verdient, als wir hier auf Capri?

Es hätte nicht ausgereicht zweimal die Woche Maccaroni zu essen, wenn ich bloß auf die Barke angewiesen wäre. Dann und wann einen Brief nach Neapel zu bringen, oder einen Signore aufs Meer gerudert, der angeln wollte. Das war Alles. Aber Ihr wißt, daß mein Onkel die großen Orangengärten hat, und ein reicher Mann ist. Tonino, sagt er, so lang ich lebe, sollst du nicht Not leiden, und hernach wird auch für dich gesorgt werden. So hab' ich den Winter mit Gottes Hülfe überstanden.

Hat er Kinder, Euer Onkel?

Nein. Er war nie verheiratet, und lang außer Landes, wo er denn manchen Piaster zusammengebracht hat. Nun hat er vor, eine große Fischerei anzufangen und will mich über das ganze Wesen setzen, daß ich nach dem Rechten sehe.

So seid Ihr ja ein gemachter Mann, Antonino.

Der junge Schiffer zuckte die Achseln. Es hat Jeder sein Bündel zu tragen, sagte er. Damit sprang er auf und sah wieder links und rechts nach dem Wetter, obwohl er wissen mußte, daß es nur Eine Wetterseite giebt.

Ich bring' Euch noch eine Flasche. Euer Onkel kann's bezahlen, sagte die Wirtin.

Nur noch ein Glas, denn Ihr habt hier eine feurige Art Wein. Der Kopf ist mir schon ganz warm.

Er geht nicht ins Blut. Ihr könnt trinken, soviel Ihr wollt. Da kommt eben mein Mann, mit dem müßt Ihr noch eine Weile sitzen und schwatzen.

Wirklich kam, das Netz über die Schulter gehängt, die rote Mütze über den geringelten Haaren, der stattliche Padrone der Schenke von der Höhe herunter. Er hatte Fische in die Stadt gebracht, die jene vornehme Dame bestellt hatte, um sie dem kleinen Pfarrer von Sorrent vorzusetzen. Wie er des jungen Schiffers ansichtig wurde, winkte er ihm herzlich mit der Hand einen Willkommen zu, setzte sich dann neben ihn auf die Bank, und fing an zu fragen und zu erzählen. Eben brachte sein Weib eine zweite Flasche des echten unverfälschten Capri, als der Ufersand zur Linken knisterte und Laurella des Weges von Anacapri daherkam. Sie grüßte flüchtig mit dem Kopf und stand unschlüssig still.

Antonino sprang auf. Ich muß fort, sagte er. Es ist ein Mädchen aus Sorrent, das heut früh mit dem Signor Curato kam und auf die Nacht wieder zu ihrer kranken Mutter will.

Nun nun, es ist noch lang bis Nacht, sagte der Fischer. Sie wird doch Zeit haben, ein Glas Wein zu trinken. Holla, Frau, bring noch ein Glas.

Ich danke, ich trinke nicht, sagte Laurella und blieb in einiger Entfernung.

Schenk nur ein, Frau, schenk ein! Sie läßt sich nötigen.

Laßt sie, sagte der Bursch. Sie hat einen harten Kopf; was sie einmal nicht will, das redet ihr kein Heiliger ein. – Und damit nahm er eilfertig Abschied, lief nach der Barke hinunter, lös'te das Seil, und stand nun in Erwartung des Mädchens. Die grüßte noch einmal nach der Wirtin der Schenke zurück und ging dann mit zaudernden Schritten der Barke zu. Sie sah vorher nach allen Seiten um, als erwarte sie, daß sich noch andere Gesellschaft einfinden würde. Die Marine aber war menschenleer; die Fischer schliefen oder fuhren im Meer mit Angeln und Netzen, wenige Frauen und Kinder saßen unter den Türen, schlafend oder spinnend, und die Fremden, die am Morgen herübergefahren, warteten die kühlere Tageszeit zur Rückfahrt ab. Sie konnte auch nicht zu lange umschauen, denn eh sie es wehren konnte, hatte Antonino sie in die Arme genommen und trug sie wie ein Kind in den Nachen.

Dann sprang er nach und mit wenigen Ruderschlägen waren sie schon im offenen Meer.

Sie hatte sich vorn in den Kahn gesetzt und ihm halb den Rücken zugedreht, daß er sie nur von der Seite sehen konnte. Ihre Züge waren jetzt noch ernsthafter als gewöhnlich. Über die kurze Stirn hing das Haar tief herein, um den feinen Nasenflügel zitterte ein eigensinniger Zug; der volle Mund war fest geschlossen. – Als sie eine Zeitlang so stillschweigend über Meer gefahren waren, empfand sie den Sonnenbrand, nahm das Brod aus dem Tuch und schlang dieses über die Flechte. Dann fing sie an von dem Brode zu essen und ihr Mittagsmahl zu halten; denn sie hatte auf Capri nichts genossen.

Antonino sah das nicht lange mit an. Er holte aus einem der Körbe, die am Morgen mit Orangen gefüllt gewesen, zwei hervor, und sagte: Da hast du was zu deinem Brod, Laurella. Glaub nicht, daß ich sie für dich zurückbehalten habe. Sie sind aus dem Korb in den Kahn gerollt und ich fand sie, als ich die leeren Körbe wieder in die Barke setzte.

Iß du sie doch. Ich hab' an meinem Brode genug.

Sie sind erfrischend in der Hitze, und du bist weit gelaufen.

Sie gaben mir oben ein Glas Wasser, das hat mich schon erfrischt.

Wie du willst, sagte er, und ließ sie wieder in den Korb fallen.

Neues Stillschweigen. Das Meer war spiegelglatt und rauschte kaum um den Kiel. Auch die weißen Seevögel, die in den Uferhöhlen nisten, zogen lautlos auf ihren Raub.

Du könntest die zwei Orangen deiner Mutter bringen, fing Antonino wieder an.

Wir haben ihrer noch zu Haus, und wenn sie zu Ende sind, geh' ich und kaufe neue.

Bringe ihr sie nur, und ein Compliment von mir.

Sie kennt dich ja nicht.

So könntest du ihr sagen, wer ich bin.

Ich kenne dich auch nicht.

Es war nicht das erste Mal, daß sie ihn so verleugnete. Vor einem Jahre, als der Maler eben nach Sorrent gekommen war, traf sich's an einem Sonntage, daß Antonino mit anderen jungen Burschen aus dem Ort auf einem freieren Platz neben der Hauptstraße Boccia spielte. Dort begegnete der Maler zuerst Laurella, die, einen Wasserkrug auf dem Kopfe tragend, ohne sein zu achten vorüberschritt. Der Napolitaner, von dem Anblick betroffen, stand still und sah ihr nach, obwohl er sich mitten in der Bahn des Spieles befand und mit zwei Schritten sie hätte räumen können. Eine unsanfte Kugel, die ihm gegen das Fußgelenk fuhr, mußte ihn daran erinnern, daß hier der Ort nicht sei, sich in Gedanken zu verlieren. Er sah um, als erwarte er eine Entschuldigung. Der junge Schiffer, der den Wurf getan hatte, stand schweigend und trotzig inmitten seiner Freunde, daß der Fremde es geraten fand, einen Wortwechsel zu vermeiden und zu gehen. Doch hatte man von dem Handel gesprochen, und sprach von Neuem davon, als der Maler sich offen um Laurella bewarb. Ich kenne ihn nicht, sagte diese unwillig, als der Maler sie fragte, ob sie ihn jenes unhöflichen Burschen wegen ausschlage. Und doch war auch ihr jenes Gerede zu Ohren gekommen. Seitdem, wenn ihr Antonino begegnete, hatte sie ihn wohl wiedererkannt.

Und nun saßen sie im Kahn wie die bittersten Feinde, und beiden klopfte das Herz tödtlich. Das sonst gutmütige Gesicht Antonino's war heftig gerötet, er schlug in die Wellen, daß der Schaum ihn überspritzte, und seine Lippen zitterten zuweilen, als spräche er böse Worte. Sie tat, als bemerke sie es nicht, und machte ihr unbefangenstes Gesicht, neigte sich über den Bord des Nachens und ließ die Flut durch ihre Finger gleiten. Dann band sie ihr Tuch wieder ab und ordnete ihr Haar, als sei sie ganz allein im Kahn. Nur die Augenbrauen zuckten noch, und umsonst hielt sie die nassen Hände gegen ihre brennenden Wangen, um sie zu kühlen.

Nun waren sie mitten auf dem Meer, und nah und fern ließ sich kein Segel blicken. Die Insel war zurückgeblieben, die Küste lag im Sonnenduft weitab, nicht einmal eine Möwe durchflog die tiefe Einsamkeit. Antonino sah um sich her. Ein Gedanke schien in ihm aufzusteigen. Die Röte wich plötzlich von seinen Wangen, und er ließ die Ruder sinken. Unwillkürlich sah Laurella nach ihm um, gespannt, aber furchtlos.

Ich muß ein Ende machen, brach der Bursch heraus. Es dauert mir schon zu lange und wundert mich schier, daß ich nicht drüber zugrunde gegangen bin. Du kennst mich nicht, sagst du? Hast du nicht lange genug mit angesehen, wie ich bei dir vorüber ging als ein Unsinniger, und hatte das ganze Herz voll, dir zu sagen? Dann machtest du deinen bösen Mund und drehtest mir den Rücken.

Was hatt' ich mit dir zu reden, sagte sie kurz. Ich habe wohl gesehen, daß du mit mir anbinden wolltest. Ich wollt' aber nicht in der Leute Mäuler kommen um nichts und wieder nichts. Denn zum Manne nehmen mag ich dich nicht, dich nicht und Keinen.

Und Keinen? So wirst du nicht immer sagen. Weil du den Maler weggeschickt hast? Pah! Du warst noch ein Kind damals. Es wird dir schon einmal einsam werden und dann, toll wie du bist, nimmst du den Ersten Besten.

Es weiß Keiner seine Zukunft. Kann sein, daß ich meinen Sinn ändere. Was geht's dich an?

Was es mich angeht? fuhr er auf und sprang von der Ruderbank empor, daß der Kahn schaukelte. Was es mich angeht? Und so kannst du noch fragen, nachdem du weißt, wie es um mich steht? Müsse Der elend umkommen, dem je besser von dir begegnet würde, als mir.

Hab' ich mich dir je versprochen? Kann ich dafür, wenn dein Kopf unsinnig ist? Was hast du für ein Recht auf mich?

O, rief er aus, es steht freilich nicht geschrieben, es hat's kein Advocat in Latein abgefaßt und versiegelt, aber das weiß ich, daß ich so viel Recht auf dich habe, wie in den Himmel zu kommen, wenn ich ein braver Kerl gewesen bin. Meinst du, daß ich mit ansehn will, wenn du mit einem Andern in die Kirche gehst und die Mädchen gehn mir vorüber und zucken die Achseln? Soll ich mir den Schimpf antun lassen?

Tu was du willst. Ich lasse mir nicht bangen, soviel du auch drohst. Ich will auch tun, was ich will.

Du wirst nicht lange so sprechen, sagte er und bebte über den ganzen Leib. Ich bin Manns genug, daß ich mir das Leben nicht länger von solch einem Trotzkopf verderben lasse. Weißt du, daß du hier in meiner Macht bist und tun mußt, was ich will?

Sie fuhr leicht zusammen und blitzte ihn mit den Augen an.

Bringe mich um, wenn du's wagst, sagte sie langsam.

Man muß nichts halb tun, sagte er, und seine Stimme klang heiser. Es ist Platz für uns beide im Meer. Ich kann dir nicht helfen, Kind, – und er sprach fast mitleidig, wie aus dem Traum – aber wir müssen hinunter, alle Beide, und auf einmal, und jetzt! schrie er überlaut, und faßte sie plötzlich mit beiden Armen an. Aber im Augenblick zog er die rechte Hand zurück, das Blut quoll hervor, sie hatte ihn heftig hineingebissen.

Muß ich tun, was du willst? rief sie und stieß ihn mit einer raschen Wendung von sich. Laß sehn, ob ich in deiner Macht bin! – Damit sprang sie über den Bord des Kahns und verschwand einen Augenblick in der Tiefe.

Sie kam gleich wieder herauf, ihr Röckchen umschloß sie fest, ihre Haare waren von den Wellen aufgelös't und hingen schwer über den Hals nieder, mit den Armen ruderte sie emsig und schwamm, ohne einen Laut von sich zu geben, kräftig von der Barke weg nach der Küste zu. Der jähe Schreck schien ihm die Sinne gelähmt zu haben. Er stand im Kahn, vorgebeugt, die Blicke starr nach ihr hingerichtet, als begebe sich ein Wunder vor seinen Augen. Dann schüttelte er sich, stürzte nach den Rudern, und fuhr ihr mit aller Kraft, die er aufzubieten hatte, nach, während der Boden seines Kahns von dem immer zuströmenden Blute rot wurde.

Im Nu war er an ihrer Seite, so hastig sie schwamm. Bei Maria Santissima! rief er, komm in den Kahn. Ich bin ein Toller gewesen; Gott weiß, was mir die Vernunft benebelte. Wie ein Blitz vom Himmel fuhr mir's ins Hirn, daß ich ganz aufbrannte und wußte nicht, was ich tat und redete. Du sollst mir nicht vergeben, Laurella, nur dein Leben retten und wieder einsteigen.

Sie schwamm fort, als habe sie nichts gehört.

Du kannst nicht bis ans Land kommen, es sind noch zwei Miglien. Denk an deine Mutter. Wenn dir ein Unglück begegnete, sie stürbe vor Entsetzen.

Sie maß mit einem Blick die Entfernung von der Küste. Dann, ohne zu antworten, schwamm sie an die Barke heran, und faßte den Bord mit den Händen. Er stand auf, ihr zu helfen; seine Jacke, die auf der Bank gelegen, glitt ins Meer, als der Nachen von der Last des Mädchens nach der einen Seite hinübergezogen wurde. Gewandt schwang sie sich empor und erklomm ihren früheren Sitz. Als er sie geborgen sah, griff er wieder zu den Rudern. Sie aber wand ihr triefendes Röckchen aus, und rang das Wasser aus den Flechten. Dabei sah sie auf den Boden der Barke, und bemerkte jetzt das Blut. Sie warf einen raschen Blick nach der Hand, die, als sei sie unverwundet, das Ruder führte. Da! sagte sie, und reichte ihm ihr Tuch. Er schüttelte den Kopf und ruderte vorwärts. Sie stand endlich auf, trat zu ihm und band ihm das Tuch fest um die tiefe Wunde. Darauf nahm sie ihm, soviel er auch abwehrte, das eine Ruder aus der Hand und setzte sich ihm gegenüber, doch ohne ihn anzusehn, fest auf das Ruder blickend, das vom Blut gerötet war, und trieb mit kräftigen Stößen die Barke fort. Sie waren beide blaß und still. Als sie näher ans Land kamen, begegneten ihnen Fischer, die ihre Netze auf die Nacht auswerfen wollten. Sie riefen Antonino an und neckten Laurella. Keins sah auf oder erwiederte ein Wort.

Die Sonne stand noch ziemlich hoch über Procida, als sie die Marine erreichten. Laurella schüttelte ihr Röckchen, das fast völlig überm Meer getrocknet war und sprang ans Land. Die alte spinnende Frau, die sie schon am Morgen hatte abfahren sehen, stand wieder auf dem Dach. Was hast du an der Hand, Tonino? rief sie hinunter. Jesus Christus, die Barke schwimmt ja in Blut!

Es ist nichts, Commare, erwiederte der Bursch. Ich riß mich an einem Nagel, der zu weit vorsah. Morgen ist's vorbei. Das verwünschte Blut ist nur gleich bei der Hand, daß es gefährlicher aussieht, als es ist.

Ich will kommen und dir Kräuter auflegen, Comparello. Wart', ich komme schon.

Bemüht Euch nicht, Commare. Ist schon alles geschehn und morgen wird's vorbei sein und vergessen. Ich habe eine gesunde Haut, die gleich wieder über jede Wunde zuwächst.

Addio! sagte Laurella, und wandte sich nach dem Pfad, der hinaufführt.

Gute Nacht! rief ihr der Bursch nach, ohne sie anzusehn. Dann trug er das Gerät aus dem Schiff und die Körbe dazu, und stieg die kleine Steintreppe zu seiner Hütte hinauf.

* * *

Es war Keiner außer ihm in den zwei Kammern, durch die er nun hin und her ging. Zu den offnen Fensterchen, die nur mit hölzernen Läden verschlossen werden, strich die Luft etwas erfrischender herein, als über das ruhige Meer, und in der Einsamkeit war ihm wohl. Er stand auch lange vor dem kleinen Bilde der Mutter Gottes, und sah die aus Silberpapier daraufgeklebte Sternenglorie andächtig an. Doch zu beten fiel ihm nicht ein. Um was hätte er bitten sollen, da er nichts mehr hoffte?

Und der Tag schien heute still zu stehn. Er sehnte sich nach der Dunkelheit, denn er war müde, und der Blutverlust hatte ihn auch mehr angegriffen, als er sich gestand. Er fühlte heftige Schmerzen an der Hand, setzte sich auf einem Schemel und lös'te den Verband. Das zurückgedrängte Blut schoß wieder hervor, und die Hand war stark um die Wunde angeschwollen. Er wusch sie sorgfältig und kühlte sie lange. Als er sie wieder vorzog, unterschied er deutlich die Spur von Laurella's Zähnen. Sie hatte Recht, sagte er. Eine Bestie war ich und verdien' es nicht besser. Ich will ihr morgen ihr Tuch durch den Giuseppe zurückschicken, denn mich soll sie nicht wiedersehn. – Und nun wusch er das Tuch sorgfältig und breitete es in der Sonne aus, nachdem er sich die Hand wieder verbunden hatte, so gut er's mit der Linken und den Zähnen konnte. Dann warf er sich auf sein Bett und schloß die Augen.

Der helle Mond weckte ihn aus einem halben Schlaf, zugleich der Schmerz in der Hand. Er sprang eben wieder auf, um die pochenden Schläge des Bluts in Wasser zu beruhigen, als er ein Geräusch an seiner Tür hörte. Wer ist da? rief er und öffnete. Laurella stand vor ihm.

Ohne viel zu fragen trat sie ein. Sie warf das Tuch ab, das sie über den Kopf geschlungen hatte und stellte ein Körbchen auf den Tisch. Dann schöpfte sie tief Atem.

Du kommst, dein Tuch zu holen, sagte er; du hättest dir die Mühe ersparen können, denn morgen in der Früh hätte ich Giuseppe gebeten, es dir zu bringen.

Es ist nicht um das Tuch, erwiederte sie rasch. Ich bin auf dem Berg gewesen, um dir Kräuter zu holen, die gegen das Bluten sind. Da! Und sie hob den Deckel vom Körbchen.

Zu viel Mühe, sagte er, und ohne alle Herbigkeit, zu viel Mühe. Es geht schon besser, viel besser, und wenn es schlimmer ginge, ging es auch nach Verdienst. Was willst du hier um die Zeit? Wenn dich Einer hier träfe, du weißt, wie sie schwatzen, obwohl sie nicht wissen, was sie sagen.

Ich kümmere mich um Keinen, sprach sie heftig. Aber die Hand will ich sehen und die Kräuter darauf tun, denn mit der Linken bringst du es nicht zu Stande.

Ich sage dir, daß es unnötig ist.

So laß es mich sehen, damit ich's glaube.

Sie ergriff ohne Weiteres die Hand, die sich nicht wehren konnte, und band die Lappen ab. Als sie die starke Geschwulst sah, fuhr sie zusammen und schrie auf: Jesus Maria!

Es ist ein bißchen aufgelaufen, sagte er. Das geht weg in einem Tag und einer Nacht.

Sie schüttelte den Kopf: So kannst du eine Woche lang nicht aufs Meer.

Ich denk', schon übermorgen. Was tut's auch.

Indessen hatte sie ein Becken geholt und die Wunde von neuem gewaschen, was er litt wie ein Kind. Dann legte sie die heilsamen Blätter des Krautes darauf, die ihm das Brennen sogleich linderten und verband die Hand mit Streifen Leinwand, die sie auch mitgebracht hatte.

Als es getan war, sagte er: Ich danke dir. Und höre, wenn du mir noch einen Gefallen tun willst, vergib mir, daß mir heut so eine Tollheit über den Kopf wuchs und vergiß das Alles, was ich gesagt und getan habe. Ich weiß selbst nicht, wie es kam. Du hast mir nie Veranlassung dazu gegeben, du wahrhaftig nicht. Und du sollst schon nichts wieder von mir hören, was dich kränken könnte.

Ich habe dir abzubitten, fiel sie ein. Ich hätte dir Alles anders und besser vorstellen sollen und dich nicht aufbringen durch meine stumme Art. Und nun gar die Wunde –

Es war Notwehr und die höchste Zeit, daß ich meiner Sinne wieder mächtig wurde. Und wie gesagt, es hat nichts zu bedeuten. Sprich nicht von Vergeben. Du hast mir wohlgetan, und das danke ich dir. Und nun geh schlafen und da – da ist auch dein Tuch, daß du's gleich mitnehmen kannst.

Er reichte es ihr, aber sie stand noch immer und schien mit sich selbst zu kämpfen. Endlich sagte sie: du hast auch deine Jacke eingebüßt um meinetwegen; und ich weiß, daß das Geld für die Orangen darin steckte. Es fiel mir Alles erst unterwegs ein. Ich kann dir's nicht so wieder ersetzen, denn wir haben es nicht, und wenn wir's hätten, gehört' es der Mutter. Aber da hab ich das silberne Kreuz, das mir der Maler auf den Tisch legte, als er das letzte Mal bei uns war. Ich hab es seitdem nicht angesehn und mag es nicht länger im Kasten haben. Wenn du es verkaufst – es ist wohl ein paar Piaster wert – sagte damals die Mutter –, so wäre dir dein Schaden ersetzt, und was fehlen sollte, will ich suchen mit Spinnen zu verdienen, nachts, wenn die Mutter schläft.

Ich nehme nichts, sagte er kurz und schob das blanke Kreuzchen zurück, das sie aus der Tasche geholt hatte.

Du mußt's nehmen, sagte sie. Wer weiß, wie lang du mit dieser Hand nichts verdienen kannst. Da liegt's und ich will's nie wieder sehn mit meinen Augen.

So wirf es ins Meer.

Es ist ja kein Geschenk, was ich dir mache; es ist nicht mehr, als dein gutes Recht und was dir zukommt.

Recht? Ich habe kein Recht auf irgend was von dir. Wenn du mir später einmal begegnen solltest, tu mir den Gefallen, und sieh mich nicht an, daß ich nicht denke, du erinnerst mich an das, was ich dir schuldig bin. Und nun gute Nacht, und laß es das Letzte sein.

Er legte ihr das Tuch in den Korb und das Kreuz dazu und schloß den Deckel darauf. Als er dann aufsah und ihr ins Gesicht, erschrak er. Große schwere Tropfen stürzten ihr über die Wangen. Sie ließ ihnen ihren Lauf.

Maria Santissima! rief er, bist du krank? Du zitterst von Kopf bis Fuß.

Es ist nichts, sagte sie. Ich will heim! und wankte nach der Tür. Das Weinen übermannte sie, daß sie die Stirn gegen den Pfosten drückte und nun laut und heftig schluchzte. Aber eh er ihr nach konnte, um sie zurückzuhalten, wandte sie sich plötzlich um und stürzte ihm an den Hals.

Ich kann's nicht ertragen, schrie sie und preßte ihn an sich, wie sich ein Sterbender ans Leben klammert, ich kann's nicht hören, daß du mir gute Worte giebst und mich von dir gehen heißest mit all der Schuld auf dem Gewissen. Schlage mich, tritt mich mit Füßen, verwünsche mich! – oder, wenn es wahr ist, daß du mich lieb hast, noch, nach alle dem Bösen, das ich dir getan habe, da nimm mich und behalte mich und mach mit mir, was du willst. Aber schick mich nicht so fort von dir! – Neues heftiges Schluchzen unterbrach sie.

Er hielt sie eine Weile sprachlos in den Armen. Ob ich dich noch liebe? rief er endlich. Heilige Mutter Gottes, meinst du, es sei all mein Herzblut aus der kleinen Wunde von mir gewichen? Fühlst du's nicht da in meiner Brust hämmern, als wollt' es heraus und zu dir? Wenn du's nur sagst, um mich zu versuchen oder weil du Mitleiden mit mir hast, so geh, und ich will auch das noch vergessen. Du sollst nicht denken, daß du mir's schuldig bist, weil du weißt, was ich um dich leide.

Nein, sagte sie fest und sah von seiner Schulter auf und ihm mit den nassen Augen heftig ins Gesicht, ich liebe dich, und daß ich's nur sage, ich hab' es lange gefürchtet und dagegen getrotzt. Und nun will ich anders werden, denn ich kann's nicht mehr aushalten, dich nicht anzusehn, wenn du mir auf der Gasse vorüberkommst. Nun will ich dich auch küssen, sagte sie, daß du dir sagen kannst, wenn du wieder in Zweifel sein solltest: Sie hat mich geküßt, und Laurella küßt Keinen, als den sie zum Manne will.

Sie küßte ihn dreimal und dann machte sie sich los und sagte: Gute Nacht, mein Liebster! Geh nun schlafen und heile deine Hand, und geh nicht mit mir, denn ich fürchte mich nicht, vor Keinem, als nur vor dir.

Damit huschte sie durch die Tür und verschwand in den Schatten der Mauer. Er aber sah noch lange durchs Fenster, aufs Meer hinaus, über dem alle Sterne zu schwanken schienen.

* * *

Als der kleine Padre Curato das nächste Mal aus dem Beichtstuhl kam, in dem Laurella lange gekniet hatte, lächelte er still in sich hinein. Wer hätte gedacht, sagte er bei sich selbst, daß Gott sich so schnell dieses wunderlichen Herzens erbarmen würde? Und ich machte mir noch Vorwürfe, daß ich den Dämon Eigensinn nicht härter bedräut hatte. Aber unsere Augen sind kurzsichtig für die Wege des Himmels. Nun so segne sie der Herr und lasse mich's erleben, daß mich Laurella's ältester Bube einmal an seines Vaters Statt über Meer führt! Ei ei ei! L'Arrabbiata!

AUFERSTANDEN

(1866)

In den südlichen Abhängen der Tiroler Berge, in die der Gardasee tief hineintritt, liegt ein altes Felsenschlößchen, kühn an die schroffe Bergwand geklebt, wie ein Möwennest an eine vorspringende Klippe, und so günstig gerade an die Stelle gebaut, wo die Talschlucht eine Biegung macht und sich verengt, daß eine Handvoll entschlossener Leute mit einigen sicheren Geschützen auch heute noch wohl im Stande wäre, einem von Süden heranziehenden Corps den Paß zu verlegen. Auch tragen die alten bezinnten Umfassungsmauern, die in beträchtlicher Höhe vieleckig aufsteigen, vernarbte Spuren erbitterter Kämpfe, die freilich in der Erinnerung des Landvolkes längst erloschen sind. Nicht einmal der Name des alten Baronengeschlechts, das ehemals hier hauste, hat sich erhalten. Wer nachfragt in einer der Steinhütten, die sparsam das Tal hinunter zerstreut unter Kastanien- und Nußbäumen liegen – auch Wein und Öl gedeiht an den Südabhängen tiefer zum See hinab – der erfährt nur, daß das einsame Schlößchen droben „das Kastell“ genannt werde und einem Marchese gehöre, dessen Namen man nicht kenne, wenigstens nicht kannte in den ersten fünfziger Jahren unseres Jahrhunderts, in denen sich zutrug, was ich erzählen will. Damals war, wie Jeder weiß, die Lombardei, in deren geographisches Gebiet dieses Tal schon hinabreicht, noch österreichische Provinz und Wenige ließen sich träumen, wie bald diese Perle aus der Krone des Hauses Habsburg herausgebrochen werden sollte. Dennoch sah es gerade in diesen Grenzbezirken mit der Verbrüderung oder gar Verschmelzung der Nachbarstämme übel aus. Ungastliches Mißtrauen war das Glimpflichste, dessen ein deutscher Wanderer in diesen Tälern von dem Landvolk sich zu versehen hatte. Und kein Jahr verging ohne irgendeine geräuschlos blutige Tat der Tücke und Feindschaft, deren Urheber zu erreichen der Arm der k. k. Justiz meisten Teils zu kurz war.

Aus diesem Grunde wollte es zwischen den beiden Männern, die eines schönen Augustnachmittags den verfallenen Fuhrweg zum Kastell heranklommen, zu keiner sehr ersprießlichen Unterhaltung kommen. Zwar hatte der stattliche junge Deutsche, dem der welsche Bauernbursche als Führer und Träger diente, die österreichische Hauptmannsuniform wohlweislich in Riva mit einem leichten bürgerlichen Habit und das Käppi mit einem breiten Strohhut vertauscht und sprach überdies die Landessprache so fließend, als sei er mit Wasser aus dem Gardasee getauft worden. Aber in Gang und Haltung konnte er dennoch den kaiserlichen Offizier nicht verleugnen, und gerade die Zivilkleidung schien seinem verdrossenen Begleiter geheime Absichten zu verraten, die ihn noch einsilbiger machten. Er gab wenig mehr von sich, als was der junge Reisende schon wußte, daß droben im Kastell ein gewisser Marchese wohne, der schon seit drei Jahren ganz menschenfeindlich mit geringer Dienerschaft dort sein Wesen treibe, niemand bei sich sehe, als alle Sonn- und Feiertage seinen alten Beichtvater aus dem Capuzinerkloster droben im Gebirg, der dann hinabsteige, um in der Capelle des Kastells die Messe zu lesen, und daß die Straße, die sie jetzt wanderten, nur von Zeit zu Zeit von einem Ochsenwagen befahren werde, der Mundvorrat für Wochen und Monate hinaufschaffe. Der Reisende forschte nach der Gemütsart des Marchese, ob er mildtätig sei, wie er seine Diener behandle und dergleichen, erfuhr aber nur, daß er das Wild, das er auf seinen Streifzügen im Gebirg zu schießen pflege, großen Teils an die Bauern schenke, übrigens selten mit einem Begegnenden ein Wort wechsle. Er selbst, der Erzähler, wollte ihn noch nie gesehen haben.

Damit verstummte die Zwiesprache zwischen den Beiden, und der junge Mann schritt gedankenvoll in den tief ausgefahrenen Geleisen bergan, noch einmal Alles bei sich bedenkend, was er zu tun und zu sagen sich vorgenommen hatte. So jung er war, hatte er es oft genug bewiesen, daß es ihm an Mut und männlicher Entschlossenheit nicht gebrach. Und doch konnte er sich, je näher das Ziel seiner Wanderung rückte, einer unbehaglichen Spannung und Aufregung nicht erwehren. Gar zu unheimlich sah das Kastell von der Höhe des Weges herab, die wenigen Fenster mit Läden dicht verschlossen, der eine Turm an der Seite mit seinen Zinnen hoch hineingewachsen in einen breitästigen Kastanienbaum, durch dessen Zweige er argwöhnisch ins Land hinauszulugen schien, und was den seltsamsten Eindruck machte: aus beiden Seiten neben dem Haupttore, zu dem die alte Zugbrücke steil hinanlief, standen je drei uralte Cypressenbäumchen, an der Windseite kahl und auch sonst struppig genug, die dem fensterlosen Mauerhaufen das Ansehen eines verwitterten Mausoleums gaben und jeden Lebendigen von dieser Schwelle wegzuweisen schienen.

Als nun endlich die letzte Steile erklommen war, dämmerte es bereits und die Nachtvögel fingen an, die Zinnen zu umkreisen. Der Fremde warf die Cigarre weg, die ihm längst ausgegangen war, und tat einige kräftige Schläge an der festgefugten Hoftür, die er zweimal wiederholen mußte, ehe im Innern sich etwas zu regen begann. Ein hölzerner Fensterladen vor einer Art Schießscharte neben dem Tor ward geöffnet und ein Kopf kam zum Vorschein, der wenig einladend die späten Besucher angrins'te. Das Gesicht war noch jung, aber durch die Verheerungen der Blattern sehr entstellt, dazu fehlte das eine Auge und ein dicker Büschel schwarzer Haare hing über die von Entzündung gerötete sternlose Augenhöhle herab. Diese ganze Seite des Gesichts schien von Schmerzen verzerrt, und die andere vor Wut über diese Schmerzen.

Mit einem kurzen scharfen Ton, der fast wie ein Bellen klang, fragte er, was man wolle; hier sei keine Herberge. – Ob der Marchese zu sprechen sei, fragte der Fremde, dem die Ungeschliffenheit des Pförtners seine ganze militärische Würde zurückgab. – „Nein", war die Antwort. Und damit wollte der Einäugige den Laden wieder vorschieben, als ein paar Worte, die der Bauer, dem Reisenden unverständlich, hinauf rief, den widerwilligen Menschen stutzig zu machen schienen. Er verlangte den Namen des Fremden zu wissen, und als dieser seine Karte in die Mauerlücke reichte, verschwand er alsbald, um nach zehn Minuten das schwere Portal mit einem großen Schlüssel aufzuschließen.

„Der Herr Marchese will den Herrn Capitän empfangen", sagte er, auch jetzt mit sichtbarem Widerwillen. „Du da bleibst draußen!", fuhr er den Bauer an.

„Und das Gepäck?", fragte der Bursch, der den Mantelsack des Reisenden und einen Kasten mit Instrumenten einstweilen auf der Zugbrücke niedergelegt hatte.

„Trag's in den Hof hinein", befahl der Offizier, „und warte dann hier draußen, bis ich zurückkomme."

Es war ihm befremdlich, daß der Bursch nicht einmal in den Hof treten sollte, und doch traute er ihm selbst nicht genug, um ihn unter vier Augen mit dem Gepäck vor dem Tor zurückzulassen. Er sah, wie sorgfältig der Einäugige die Tür wieder hinter ihnen verschloß, und von Neuem überlief ihn ein rätselhaftes Unbehagen, als er sich nun in dem öden Burghof umsah und den Hall seiner eignen Schritte an den kahlen Mauern vernahm. Unwillkürlich faßte er in die Tasche nach seiner doppelläufigen Pistole und ließ den schweigsamen Pförtner vorangehen. Es war dunkler hier im Schatten der hohen Zinnen, als draußen in der Schlucht. Zum Überfluß raubte der Wipfel einer hohen Platane, die mitten im Hof sich über einem Ziehbrunnen wölbte, ein großes Stück des Himmels. Zahllose Vögel nisteten hier und schwirrten plötzlich durch einander, als die Männer über die Steinplatten gingen. Sie schienen es nicht gewohnt, um diese Zeit Menschentritte zu hören. Dann sah der Fremde noch, während er seinem Führer zu einer schmalen Tür in der Ecke des Hofes folgte, ein hohes altertümliches Erzgitter, das einen kleinen Garten verschloß. Späte Rosen und Cypressen wuchsen da, und ein Feigenbaum, der sich durch das Gitter hinausgezweigt hatte, gab Zeugnis dafür, daß diese Tür seit vielen Jahren nicht mehr geöffnet worden war und ungestört mit ihren Eisenstäben zum Spalier dienen konnte.

Umso mehr überraschte es ihn, als er das Innere betrat, dort keine Spur von Vernachlässigung zu finden. Die Stufen, die er hinangeführt wurde, waren sorgfältig gekehrt, die engen Gemächer einfach, aber wohnlich ausgestattet, die Scheiben der kleinen Fenster blank geputzt und seidene Vorhänge davor, die seinem flüchtigen Blick durchaus nicht hundertjährig erschienen. Er sah jetzt auch, daß der einäugige Diener in sauberen Kleidern steckte, in einer jägermäßigen Livree, ein großes hirschfängerartiges Messer mit Perlmuttergriff umgegürtet, und bemerkte, daß er trotz seiner schweren Nagelschuhe leise auftrat. Zwei bis drei Vorzimmer im ersten Stock durchschritten sie, alle winklig und eng; dann öffnete der Diener ein größeres Gemach und blieb, stumm hineindeutend, an der Schwelle stehen.

Als der junge Fremde eintrat, stand eine hohe vornehme Gestalt von einem Schreibtisch auf, der, ganz mit Büchern und Papieren bedeckt, eine tiefe Fensternische ausfüllte und noch den letzten Tagesschein empfing. Im Übrigen war das gewölbte Zimmer schon so dunkel, daß man an den hohen Büchergestellen, die fast alle Wände bedeckten, kaum mehr die goldgedruckten Titel auf den Einbänden lesen konnte. Auch auf dem Gesicht des Schloßherrn, als er sich jetzt dem Fenster ab- und dem Eintretenden entgegenwandte, konnte man das Spiel der Mienen nicht mehr deutlich unterscheiden, – wenn überhaupt diese festen Züge viel von den Regungen des Innern verrieten. Die stark ausgearbeitete Stirn, von schlichten, schon etwas angegrauten Haaren umrahmt, schien ein undurchdringlich fester Wohnsitz des Gedankens und Willens. Darunter Augen, von großer Schönheit und einem ruhigen Glanz, durch lange Übung dazu gewöhnt, Alles zu sehen und nichts zu verraten. Der untere Teil des bartlosen Gesichts wäre Niemand weder im Guten noch im Bösen aufgefallen, so wenig wie Haltung und Geberde des ganz in Schwarz gekleideten Mannes, der mit gekreuzten Armen unbeweglich am Tische lehnte und die Verbeugung des Fremden mit kaum merklichem Kopfnicken erwiderte.

„Ich habe um Verzeihung zu bitten, Herr Marchese", sagte der junge Offizier, „daß ich Ihnen zu so später Stunde eine Störung bereite. Da ich meinen Diener krank in Riva zurücklassen und einen fremden Burschen annehmen mußte, gab es allerlei Aufenthalt unterwegs. Auch rechnete ich darauf, in dem Dorf unten am Ausgang des Tals ein passendes Quartier zu finden, und hätte Ihnen dann morgen erst meinen Besuch gemacht. Ich fand aber so unfreundliche Gesichter und so abscheulichen Schmutz in jenen Hütten, daß selbst meine soldatische Abhärtung davor zurückscheute. Und so entschloß ich mich –"

Der Marchese unterbrach ihn, indem er einen Sessel mitten in's Zimmer schob und ihn mit einer stummen Handbewegung dem Besucher darbot. Dann nahm er selbst seine Stellung am Tisch wieder ein, die Augen ruhig auf den Redenden geheftet.

„Ich will mich kurz fassen", fuhr der Fremde fort. „Was mich zu Ihnen führt, ist nicht eine persönliche Angelegenheit, sondern ein Auftrag meines Vorgesetzten. Ich bin der Hauptmann Eugen von R. aus dem Generalstabe des Feldmarschalls Radetzky, der, wie Sie wissen, gegenwärtig in Verona sein Hauptquartier hat. Schon längere Zeit war die Rede davon, an dieser Seite des Sees ein befestigtes Fort anzulegen, um die Pässe zu sichern, die durch Judicarien nach Norden führen. Dabei richtete sich die Aufmerksamkeit vorzüglich auf dieses Tal, das alle natürlichen Bedingungen vereinigt, um militärischen Operationen einen sicheren Stützpunkt zu bieten. Sie selbst, Herr Marchese, haben im piemontesischen Heer mit Auszeichnung gedient, und so bedarf es Ihnen gegenüber keiner langen technischen Erörterung, um die Wichtigkeit dieses Punktes, vor Allem Ihres eigenen Schlosses, Ihnen darzutun. Es ist mir nun der Auftrag geworden, zunächst die alten Generalstabskarten dieser Gegend einer genauen Revision zu unterwerfen und einige andere Punkte auf ihre fortificatorische Bedeutung zu untersuchen, dann aber Ihnen, Herr Marchese, die Frage vorzulegen, ob und unter welchen Bedingungen Sie sich entschließen würden, Ihren Besitz an die Regierung des Kaisers abzutreten. Sie sehen, daß Sie es mit einem Soldaten zu tun haben, der gerade auf sein Ziel losgeht. Ich habe gebeten, mich des ehrenvollen Auftrags ganz zu überheben, wenn es die Absicht sei, auf diplomatischen Umwegen unsern Zweck zu erreichen. Erst als man mir Vollmacht gab, ohne Rückhalt mit Ihnen zu verhandeln, übernahm ich diese Mission ohne Bedenken."

Eine kleine Pause trat ein. Der Fremde hörte das Knistern der Nägelschuhe draußen auf den Steinplatten, mit denen das Vorgemach ausgelegt war. Offenbar stand der Einäugige horchend an der Tür.

„Ich danke Ihnen für Ihre Offenheit, Herr Capitän", sagte endlich der Marchese. „Lassen Sie mich eben so offen Ihnen erwidern, daß ich allerdings nicht gesonnen bin, dieses Haus zu verkaufen, zu welchem Zweck und an Wen es auch immer sei. Ich kenne die Gesetze Österreichs nicht genau genug, um zu wissen, ob die kaiserliche Regierung sich erlauben darf, mich mit Gewalt aus meinem Eigentum zu entfernen. Jedenfalls bin ich entschlossen, dies abzuwarten."

Das Gesicht des Fremden überflog eine leichte Röte. „Sie täuschen sich, Herr Marchese“, erwiderte er, indem er aufstand. „Man schätzt Ihren Namen und Ihre Verdienste zu sehr, um sich gegen Sie aller Rechte zu bedienen, die das Expropriationsgesetz dem Staat vielleicht an die Hand gäbe. Vielleicht, sage ich; denn auch ich weiß nicht, wie klar ein solcher Fall, wie der Ihrige, vorgesehen ist. Wenn diese Ablehnung unwiderruflich ist, so wird der Generalstab die Idee, dieses Kastell auszubauen und mit neuen Werken zu befestigen, alsbald fallen lassen. Auch dies Ihnen zu gestehen, habe ich die Erlaubnis. Aber ich muß zugleich bemerken, daß damit der Plan, das Tal überhaupt zu befestigen, keineswegs aufgegeben ist. Wenn meine Untersuchungen mich etwa auf einen Punkt oberhalb Ihres Schlosses führen sollten, der geeignet schiene, so wäre es meine Pflicht, in diesem Sinne Bericht zu erstatten. Sie, Herr Marchese, haben sich seit einigen Jahren in diese Einsamkeit zurückgezogen. Ich muß es Ihnen anheimgeben, ob dieser Wohnsitz noch dieselben Reize für Sie haben wird, wenn das Geräusch eines Festungsbaues und die Anwesenheit einer Besatzung die Physiognomie der Gegend verändert. Für den Fall, daß diese Rücksicht auf Ihre Entschlüsse von Einfluß wäre, habe ich den Auftrag, Ihnen die annehmlichsten Gebote zu machen, die den Schätzungswert Ihres Besitztums um ein Bedeutendes übersteigen.“

Er schwieg und suchte auf dem beschatteten Gesicht des Marchese vergebens den Eindruck zu erspähen, den seine Worte gemacht hatten. Mit derselben etwas dumpf klingenden, aber gelassenen Stimme, wie vorhin, antwortete Jener:

„Sie werden mich verpflichten, mein Herr, wenn Sie alle weiteren Verhandlungen über diese Sache sich ersparen. Ich wiederhole, daß ich hier zu bleiben und das Weitere abzuwarten gedenke. Wenn ich Ihnen persönlich irgendeinen Dienst leisten kann –“

„Nun wohl, Herr Marchese“, nahm der junge Mann das Wort. „Ich bin allerdings in der Lage, Sie um eine Gefälligkeit zu bitten. Nach Ihren Erklärungen ist es doppelt notwendig, daß ich einige Tage in der nächsten Nachbarschaft zubringe, Messungen anstelle und Aufnahmen mache. Ich habe Ihnen schon gestanden, wie schwer ich mich entschließen würde, mir bei dem Landvolk Quartier zu verschaffen, abgesehen von der Unsicherheit, in der sich dort meine Habseligkeiten und Papiere befänden. Auch Ihnen, Herr Marchese, bin ich kein willkommener Gast. Aber in dem Vertrauen, daß Sie den Menschen von seinem Amt werden zu trennen wissen, wage ich es dennoch, Sie um Gastfreundschaft für einige Tage anzugehen. Ich brauche nicht erst zu sagen, daß ich mich in Allem Ihrer Hausordnung fügen und mit dem bescheidensten Winkel dieses Schlosses mich begnügen werde, der ja ohnehin kaum anders als für die Nacht mir Obdach gewähren soll.“

In diesem Augenblick trat der Einäugige herein, näherte sich mit dem sichtbaren Bemühen, eine einfältige Miene anzunehmen, seinem Herrn, und sagte im unverfälschten mailändischen Dialekt: „Der Bauer, der den Herrn Capitano hergeführt hat, will nicht länger warten. Er sagt, er müsse vor Mitternacht wieder zu Hause sein.“

Die kaltblütige Frechheit, mit welcher der Mensch, der nicht aus dem Vorzimmer gewichen war, die offenbare Lüge vorbrachte, empörte den Fremden. Umso freundlicher ward er berührt, als der Marchese, immer noch ohne seine Stellung zu verändern, nach einem kurzen Bedenken sagte:

„Schick' ihn nach Hause, Taddeo. Der Herr Capitän bleibt im Kastell. Du wirst ihm sogleich das Turmzimmer aufschließen und ein Bett herrichten. Sorge, daß er sich nicht über Dich zu beklagen hat. Sie, mein Herr“, fuhr er zu Eugen gewendet fort, „muß ich bitten, vorlieb zu nehmen. Mein Haus ist nicht auf Gäste eingerichtet, Sie werden Vieles vermissen, was zur Bequemlichkeit nötig und erwünscht wäre. Und ferner bitte ich, es mir nicht übel zu deuten, wenn ich an meinen zurückgezogenen Gewohnheiten nichts ändere und es Ihnen selbst überlasse, in meinem Hause den Wirt zu machen. Im Übrigen freut es mich, einem so geradsinnigen Manne und wackeren Offizier, wie ich in Ihnen kennen gelernt, einen kleinen Dienst erweisen zu können. Gute Nacht, Herr Capitän!"

Bei diesen Worten verneigte er sich leicht gegen seinen Gast, ohne doch die Hand anzunehmen, die dieser Miene machte, ihm darzubieten. Vielmehr wandte er sich zu dem Diener, der wie versteinert bald seinen Herrn, bald den Fremden anstarrte, und sagte ihm halblaut einige Worte im Dialekt, auf die der Bursche sofort seine Haltung änderte, ein paar Mal hustete, das einzige Auge blinzelnd zudrückte und dann mit raschen Katzentritten voraneilend dem Gast die Tür öffnete. Auf der Schwelle rief ihn sein Herr noch einmal zurück, um ihm mit halber Stimme weitere Befehle zu geben. Dann kam er eilig dem Fremden nach, zündete im Vorzimmer eine kleine Laterne an, die auf dem Sims des Kamins gestanden hatte, und leuchtete ihm die Treppen hinunter über den Hof, wo es inzwischen völlig Nacht geworden war, nach dem alten Turmgeschoß, das finster aus dem Seitenflügel hervortrat. Eine eisenbeschlagene Tür ging kreischend auf, und als der Fremde die steilen Wendeltreppen erklomm, über die das rote Licht der Laterne trübe hinflackerte, bereute er einen Augenblick, daß er nicht lieber in einer niedrigen Winzerhütte sich zu Gast gebeten, als hier oben in den ellendicken Turmmauern, die ihn kühl und schaurig wie Kerkerwände umschlossen.

Doch fiel dies Gefühl von ihm ab, als er droben im zweiten Stock das Zimmerchen betrat, das ihn beherbergen sollte; Es war ein achteckiger, leicht überwölbter Raum mit zwei tiefen Fensternischen, an der einen Wand ein Himmelbett im besten Stil der Renaissance, Tisch, Sessel und Schrank mit Schnitzwerk aus derselben Zeit verziert, eine braune Vertäfelung, die in halber Mannshöhe an den Mauern herumlief, die Decke leicht mit rosenstreuenden Bübchen, Vögeln und Morgenwolken bemalt. Alles wohlerhalten und, bis auf den dumpfen Steingeruch des verschlossenen Raums, durchaus nicht kerkermäßig. Als er vollends die kleinen Fenster geöffnet hatte, vor denen sich die Zweige voll echter Kastanien ausbreiteten, fühlte er mit der reinen Nachtkühle ein unverhofftes Behagen hereinströmen. Er stand, während der Diener ab und zu lief, sein Gepäck heraufbrachte und Bett und Zimmer zurüstete, wohl eine Stunde lang in der Nische und weidete sich an dem Blick die Schlucht hinunter, die sich mehr und mehr im Mondschein lichtete. Ganz unten in der Tiefe, jenseits der Olivengärten und Reben, glänzte ein schmaler Silberstreif, in dem er eine Bucht des Sees wiedererkannte, die weit nach Westen austritt. Das Tal war völlig still, aus keinem der weißen Häuschen, die hier und da verloren aus dem Grün der Wälder vorschimmerten, kam ein Lichtschein oder eine Rauchsäule. Der Bach, an dessen Bett ihn heut der Weg entlang geführt hatte, war bis auf den Grund ausgetrocknet. Nur das Mondlicht schien in dem steinigen Bette hinabzuschwimmen und seinen glänzenden Strom unten in den See zu ergießen. Es lag ein Zauber in dieser einsamen Himmelspracht, daß der junge Fremde die Blicke nicht davon losmachen konnte. Erst als er die Tür des Zimmers zuwerfen hörte, sah er sich nach den Zurüstungen um, die der schweigsame Schleicher inzwischen beendet hatte. Eine dreiarmige Messinglampe stand auf dem Tisch und beschien ein einladendes Abendmahl, kaltes Wildpret, Brot, Oliven und Wein in einer geschliffenen Flasche.

Im Hintergrunde war das Bett mit glänzenden Linnen aufgeschlagen, der Mantelsack auf einen Sessel gestellt, das Becken zum Waschen mit frischem Wasser gefüllt, nichts fehlte, um es dem Gast so wohnlich zu machen, wie man es irgend in einer alten Bergfeste bei plötzlichem Überfall erwarten kann. Und dennoch überkam den jungen Fremden ein seltsames Gefühl, als er allein sich am Tische niederließ und denken mußte, wie unter demselben Dache ein ebenso Einsamer vielleicht in demselben Augenblick sich zu Tisch setzte. Seinem offenen und heiteren Wesen lag sonst alles neugierige Grübeln fern. Er war mit Leidenschaft Soldat und die strengeren militärischen Wissenschaften, die er trieb, füllten ihn so völlig aus, daß er bisher im Leben blind an Vielem vorübergegangen war, was seinen gleichalterigen Cameraden wichtig und anziehend erschien. Er entsann sich jetzt, den Namen des Marchese früher schon gehört zu haben, auch daß man über sein plötzliches Verschwinden aus der Welt Glossen gemacht, war ihm noch erinnerlich. Nur pflegte er, wenn das Gespräch sich um Menschen drehte, die er nicht kannte, kaum mit halbem Ohr zuzuhören und im Stillen irgend einem technischen oder mathematischen Problem weiter nachzudenken. So hatte er auch die Topographie dieser Bergschluchten bis in die entlegensten Winkel hinein besser im Kopf, als die Sagen und Gerüchte, die über den Herrn des Kastells von Mund zu Mund gingen. Nun aber war von dem kurzen Gespräch, das er mit dem Einsilbigen gepflogen, ein Nachgefühl in ihm zurückgeblieben, wärmer als bloße Neugier. Er hätte viel darum gegeben, jetzt ihm gegenüber zu sitzen und ihm in herzlichen Worten zu danken, daß er ihm, dem Fremden, der ihm fast als ein Feind erscheinen mußte, gleichwohl die gastlichste Aufnahme gegönnt habe.

Unter solchen Gedanken hatte er die Flasche, die vor ihm stand, hastiger, als seine Art war, geleert, und der schwere lombardische Wein fing an, ihm alle Adern zu entflammen. Er sah sich vergebens nach Trinkwasser um und ergriff endlich die leere Weinkaraffe, um hinabzusteigen und sie selbst am Brunnen unten zu füllen. Wie erstaunte er, als er die schwere

Tür des Turms verschlossen fand und auch auf sein Pochen und Rufen Niemand antwortete! So war er wirklich ein Gefangener und vielleicht alle diese freundlichen Anstalten zu seiner Bewirtung nur Trugmittel, ihn in Sicherheit zu wiegen. Freilich verwarf er diesen Argwohn schon im nächsten Augenblick, umso mehr, als er bemerkte, daß sein eigenes Zimmer von innen mit Schlüssel und Riegel sich fest verwahren ließ. Aber ehe er zu Bette ging, hielt er es doch nicht für überflüssig, sein Nachtquartier noch genauer zu untersuchen. Er konnte nichts Verdächtiges bemerken, bis ihm einfiel, den hohen schwarzen Schrank von der Wand abzurücken. Eine verschlossene Tür kam zum Vorschein, in der freilich ebenfalls von innen der Schlüssel steckte. Doch einmal aus seiner Sicherheit herausgestört, hielt er es für durchaus notwendig, die Tür zu öffnen und in das Nebengemach hineinzuleuchten.

Ein niedriger, langgestreckter Saal tat sich auf, zu dem einige Stufen hinabführten. Als er, vorsichtig schreitend, ihn ganz durchmessen hatte, überzeugte er sich, daß nirgend ein Ausweg war, als durch sein kleines Turmzimmer. Die Tür gegenüber war fest vermauert, der ganze Raum kahl und ohne alle Ausstattung, drei kleine Fenster, die nach der Talseite gingen, mit Läden verschlossen, die in ihren rostigen Haspen sich nicht mehr bewegten, auf der Seite des Hofes drei andere Fenster mit staubüberzogenen, runden Scheiben. Der Saal schien viele Jahrzehnte schon nicht mehr betreten worden zu sein, denn der Holzwurm in der getäfelten Decke hatte Zeit gehabt, kleine Häufchen gelben Staubes auf dem Estrich anzusammeln. Es reizte den Fremden, eine der bleigefaßten Scheiben zu öffnen. Aber die plötzlich hereinwehende Nachtluft verlöschte ihm die Lampe, und so stand er im Finstern und sah in den Hof hinab nach dem Brunnen, an dem er gern sein glühendes Blut gekühlt hätte. Unten war Alles ganz still; die Platane warf ein dichtes Schattennetz über die Steinplatten, während ihr Wipfel in Mondschein getaucht war. Auch das Stück des Gartens, das er durch's Gitter übersehen konnte, lag hell beschienen; er konnte deutlich die Rosenbüsche aus den schwarzen Cypressen vortauchen sehen. Das Alles erschien traurig und unheimlich, und eben wollte er das Fenster wieder schließen, um endlich im Schlaf alle Schauer dieses Ortes loszuwerden, als er durch eine Lücke im Gezweig der Platane einen Lichtschimmer bemerkte, der aus einem niedrigen Fenster des Erdgeschosses ihm gerade gegenüber hervordrang. Auch dieses Fenster war mit hölzernen Läden verschlossen, aber ein breiter Ausschnitt im oberen Teil, der wohl bei Nacht frische Luft einlassen sollte, ließ das Zimmer, das eine Lampe erleuchtete, bis in die halbe Tiefe übersehen. Eugen's scharfes Auge erkannte deutlich einen runden Tisch in der Mitte, der ein einzelnes Gedeck trug, wie auch ein einzelner rohrgeflochtener Sessel davorstand. Ein altes Weib mit einem gelben, mürrischen Gesicht ging ab und zu, die Zurüstung des Mahls zu vervollständigen. Sie stellte eine gefüllte Wasserflasche und einen Teller mit Feigen auf den Tisch und schnitt von einem groben Brote ein Stück herunter, das sie in ein Körbchen legte. Dann trug sie eine dampfende Schüssel auf und verschwand wieder, wie um zu melden, daß das Mahl aufgetragen sei.

Diesen Augenblick benutzte der Fremde, um ein Fernrohr hervorzuziehen, das er stets bei sich trug. Er hatte es kaum vor sein Auge gestellt und auf das Fenster gerichtet, als das Weib wieder eintrat, diesmal aber nicht mehr allein. Doch statt des Hausherrn, den Eugen zu sehen erwartete, folgte ihr mit langsamen, halb nachtwandlerischen Schritten eine junge Frau, ganz in Grau gekleidet, das reiche blonde Haar einfach gescheitelt und im Nacken in einen schweren Knoten zusammengebunden, Gesicht und Hände von einer so durchsichtigen Blässe, daß die Haut der Alten dagegen wie mit einer dicken Tünche überklebt schien. Dem Späher aber fuhr es blitzschnell durch den Kopf, daß er dies schöne junge

Gesicht schon irgendeinmal vor Jahren gesehen haben müsse, wo es noch in Lebensfreude glühte. Jetzt war es wie von einer hoffnungslosen Krankheit gebleicht und verklärt. Die Augen sahen zerstreut und müde vor sich hin; keine Miene verriet, ob sie das hörte, was die Alte mit eifrigen Geberden und heftigem Kopfnicken an sie hinredete. Sie hatte sich mechanisch an den Tisch gesetzt und zugesehen, wie ihre Dienerin ihr aus der Schüssel vorlegte. Es schien die landübliche Polenta zu sein; der Fremde konnte deutlich bemerken, daß die Alte ihrer jungen Herrin zuredete, zu essen, und das Gericht ihr anpries. Aber schon nach dem ersten Kosten legte sie den Löffel hin und schob den Teller zurück. Sie zerschnitt dann mit einem kleinen silbernen Messer das Brot und brach eine der purpurroten Feigen auf. Auch davon genoß sie kaum einen Bissen, so sehr die Alte in sie drang. Ihre Augen waren starr in die Flamme des Lichts versenkt, das auf dem schneeweißen Tischtuch vor ihr stand. Endlich schienen sie überzugehen. Sie fuhr sich mit ihrer blassen schmalen Hand über die Stirn und stand hastig auf. Gegenüber an der Wand lehnte ein Betschemel, über dem ein schwarzes Crucifix hing. Da warf sie sich nieder und lag lange still, das Gesicht in beide Hände gedrückt.

Die Alte warf einen bekümmerten Blick gegen die Zimmerdecke und machte sich kopfschüttelnd daran, den Tisch wieder abzuräumen. Sie war längst damit fertig und hatte sich mit einer Näharbeit auf einen Sessel gekauert, als ihre Herrin erst vom Knieen sich erhob, das schöne junge Gesicht nur noch steinerner und trostloser. Nun begann die Alte, ihr etwas zu erzählen, wobei sie mehrfach nach dem Turme hinüberdeutete. Offenbar sagte sie ihr, daß ein Gast im Kastell eingekehrt sei, und schien Betrachtungen daran zu knüpfen, die ihr selbst von der größten Wichtigkeit waren. Aber die junge Frau sah in sich versunken zu Boden und öffnete die Lippen zu keinem Wort. Plötzlich ging sie vom Tisch weg und schien das Zimmer zu verlassen. Nun packte auch die Alte rasch ihre Arbeit zusammen und trug die Lampe vom Tische weg. Im Nu war unten Alles dunkel, wie in einem Guckkasten, wenn der Schieber vorgeschoben wird, und der fremde Zuschauer harrte vergebens mit klopfendem Herzen über eine Stunde, ob die Erscheinungen drunten nicht von Neuem auftauchen wollten. Nur hinter dem Gittertor des Gärtchens glaubte er einmal die Gestalt der Alten sich bewegen zu sehen. Auch das kam nicht wieder, und er entschloß sich endlich seinen Posten zu verlassen und in sein Turmgemach zurückzukehren.

Der Mond schien so hell herein, daß es überflüssig war, die Lampe wieder anzuzünden. An Schlaf aber konnte er noch nicht denken. Mit heißer Stirn und fiebernden Gedanken stand er lange am offenen Fenster und sah in das tiefe Tal hinab. So schön – so jung – und warum hier eingekerkert? sagte er vor sich hin. Es fiel ihm wieder ein, wo er ihr einst begegnet, wenn sie es überhaupt war. Vor fünf Jahren war's im Hause eines französischen Generals, der einen Winter in Venedig zubrachte und auf einem Ballfest die Blüte der deutschen und italienischen Gesellschaft versammelt hatte. Sie erschien damals mit ihrer Mutter, einer hohen, ernsthaften, allgemein sehr geachteten Dame, sie selbst noch im ersten Aufblühen, nicht über siebenzehn Jahre alt, Gestalt und Stimme und der lachende Ausdruck ihrer schwarzen Augen so unwiderstehlich, daß der junge Artillerie-Lieutenant, der sonst mit seiner Gleichgültigkeit gegen das schöne Geschlecht geneckt wurde, den ganzen Abend nur Augen für die junge Lombardin hatte. Es gelang ihm aber nur einmal, einen Tanz von ihr zu erhalten. Ein junger mailändischer Graf, ihr Vetter, hatte sich zu ihrem Ritter aufgeworfen und wich ihr selten von der Seite, und sie schien die Huldigung ihres schönen, etwas übermütigen Landsmannes allen andern Bewerbungen vorzuziehen. Mit Eugen hatte sie nur wenig Worte gewechselt, genug, daß ihn die nächsten Wochen ihre Stimme und ihre Augen überall verfolgten. Dann sah er sie noch einmal am Tage, als sie mit ihrer Mutter und eben jenem Vetter in eine Gondel stieg. Er grüßte sie ehrerbietig; sie dankte, wie man einem Unbekannten dankt, darauf hörte er bald, daß sie Venedig verlassen habe und nach Mailand zurückgekehrt sei.

Welche Schicksale waren inzwischen über sie hereingebrochen und hatten das Rot von ihren Wangen geschreckt und die Augen um ihren Glanz bestohlen? Fünf Jahr nur – demnach konnte sie jetzt nicht über zweiundzwanzig Jahre alt sein. Und doch war ihr Mund schon so streng geschlossen, wie es ihrem Tänzer damals an ihrer Mutter aufgefallen war. Und wie kam sie in diese Wildniß? In welchem Verhältniß stand sie zu dem Herrn des Hauses, der sie zu hüten schien, wie man sein böses Gewissen oder seine tödliche Krankheit vor den Blicken der Welt verbirgt? War es ihr Gatte, oder hatte er sie gar im Wahnsinn einer hoffnungslosen Leidenschaft in dies feste Schloß entführt, wie ein Raubritter aus dunkler Vorzeit, und ließ sie hinschmachten, da ihr Stolz und Abscheu nicht zu besiegen waren? Er rief sich die vornehm sichere Gestalt des Schloßherrn zurück und verwarf augenblicklich den Gedanken an ein so abenteuerliches Verbrechen, aber in der Lösung des finsteren Rätsels kam er darum nicht weiter.

Endlich legte Eugen sich in schwerem Grübeln zu Bett und fiel nach der anstrengenden Wanderung des Tages in einen unruhigen Schlaf, aus dem er oft auffuhr, um im Dunkeln nach seinen Pistolen zu greifen, die er auf alle Fälle bereit gelegt hatte. Ein ängstlicher Traum jagte den andern. Zuletzt sah er das schöne blasse Gesicht auf der Totenbahre, und die gelbe Alte stand mit einem Schüsselchen voll Polenta neben ihr und redete ihr zu, einen Löffel voll zu nehmen, das sei gut gegen das Sterben. Als aber die Tote sich nicht regte, fing die Alte einen herzzerreißenden Jammer an, immer lauter und gellender, bis der Träumer endlich von dem schrillen Ton erwachte. Da merkte er erst, daß nicht Alles geträumt war. Es war heller Morgen und draußen vor seinem Fenster, zu Füßen des Turmes, hörte er eine schneidende Weiberstimme singen, Worte, die er nicht verstand. Er sprang eilig an's Fenster und sah wirklich die alte Magd, die, einen Korb am Arm, den steilen Fußweg den Felsen hinauf erstieg, dabei oft still stand und nach dem Turm sich umwendend ihre Ritornelle sang, sichtbar in der Absicht, dem Fremden etwas damit zu sagen. Denn als sie ihn jetzt bemerkte, wie er den Kopf zum offenen Fenster hinausstreckte, wiederholte sie lauter und langsamer ihre eintönige Improvisation, von der er nichts als das Wort „Capuziner" verstand, machte ein Zeichen, als ob sie sagen wolle, daß Vorsicht nötig sei, und verschwand dann oben hinter dem Gestrüpp, das von Klippen herabhing.

Verwundert und aufgeregt trat Eugen vom Fenster zurück; da sah er, daß der einäugige Diener inzwischen eingetreten war und mit einem lauernden Blick ihn beobachtete. Zwar bemühte er sich sofort, eine einfältige Miene anzunehmen, und fragte unterwürfig, ob der Herr Capitän Befehle für ihn habe und ob er die Schokolade bringen dürfe. Aber es entging Eugen nicht, daß der Bursche, während er sprach, gespannt hinaushorchte nach der Stimme der Alten, die eben in der Ferne verklang. Der Herr Marchese lasse sich entschuldigen, setzte er hinzu, während er die Pistolen behutsam vom Stuhl nahm, um die Kleider des Fremden hinauszutragen. Er habe einen notwendigen Gang zu tun und werde erst spät in der Nacht zurückkehren. Morgen, falls der Herr Capitän sich so lange verweile, hoffe er ihm seine Aufwartung zu machen. Eugen antwortete einsilbig und zerstreut. Er fragte dann, ob sonst keine Dienerschaft im Kastell sei, da er Jemand brauche, ihm seine Instrumente nachzutragen. „Niemand, als ein altes Weib, das die Küche besorgt", erwiderte Taddeo rasch. „Die aber ist halb unrichtig im Kopf und würde dem Herrn Capitän leicht etwas zerbrechen oder verderben." Er selbst, sagte er und machte sich an dem Schranke zu schaffen, dürfe das Schloß nicht verlassen, wenn sein Herr auswärts sei. Er würde sich sonst eine Ehre daraus machen, den Herrn Capitän zu begleiten. Indessen seien einige Hirtenbuben in der Nähe, die gern den Weg weisen und zu jedem Dienst willig sein würden.

Der Fremde hatte das Letzte schon überhört. Der nächste Zweck seines Hierseins war ihm plötzlich so fern gerückt, daß er, als er eine halbe Stunde darauf das Kastell verließ, um die Recognoscirung der nächsten Punkte zu beginnen, sogar seine Karten vergessen hatte. Als er es bemerkte, ging er dennoch weiter, langsam, auf seinen Stockdegen sich stützend, den Kopf schwer von Gedanken. Erst auf dem obersten Rande des Höhenzuges, der die eine Wand der Talschlucht bildet, stand er still und sah in die Tiefe zurück. Einige hundert Fuß unter ihm lag das Kastell. Er konnte jetzt, soweit es die Baumwipfel nicht verschatteten, die Anlage des Baues bequem überblicken und auch in das Gärtchen hineinsehen, das trotz seines Rosenflors durch die hohe Ummauerung einen düstern, gruftartigen Eindruck machte. Keine menschliche Gestalt ließ sich auf den schmalen Kieswegen erblicken und die Fenster, welche nach dieser Seite hinausgingen, waren mit dichten Jalousien geschlossen. Von hier oben gesehen, schien das ganze Haus unbewohnt. Nur einmal regte sich etwas am Brunnen unter der Platane. Als der Späher sein Fernrohr auf die Stelle richtete, sah er eine weibliche Gestalt in bäuerlicher Tracht ein paar schwere Wassergefäße über den Hof schleppen und in einer Seitentür verschwinden. Bald darauf stieg eine leichte Rauchsäule über die Kastanienwipfel empor, das einzige Zeichen, daß hinter diesen von Cypressen gehüteten dichtverschlossenen Mauern sich noch Leben rege.

Erst jetzt flackerte etwas wie Haß gegen den Schloßherrn in der Seele des jungen Offiziers auf, während er all' die Stunden nur mit einem dumpfen Staunen über dem seltsamen

Rätsel gebrütet hatte. Er malte sich's mit einer feindseligen Freude aus, wie wohl ihm sein würde, wenn jetzt Krieg wäre und ihm der Auftrag würde, an der Spitze eines stürmenden Corps sich des Kastells zu bemächtigen; wie er dann ohne Umstände in die verschlossenen Türen einbrechen und die lichtscheuen Geheimnisse des alten Felsennestes an den Tag bringen wollte. Dann wollte er das blasse Gesicht fragen, wer ihm seine Jugend gestohlen, und den Räuber ohne Gnade zur Verantwortung ziehen.

Einstweilen aber war kein Krieg und er, allein und ohnmächtig, nur auf seine Klugheit und Ausdauer angewiesen. Er machte sich, unwillkürlich aufseufzend, von dem Blick in die Tiefe los und erstieg die nächste Erhöhung des Gebirges, das hier wohl zwei Stunden weit zum Plateau sich ausbreitet. Ein schmaler Felsengrund lief durch niedriges Gebüsch gen Westen, und wie Eugen ihn mit den Augen verfolgte, bemerkte er an der höchsten Stelle des Horizontes ein weißes Klostergebäude, das bescheiden mit seinem niedrigen Glockenturm zwischen einem Föhrenwäldchen das Hochland überschaute. Obwohl er sich sagen mußte, daß hier für seine Recognoscirung nichts zu suchen war, indem der Paß der Windung der Talschlucht nach Osten folgte, schlug er dennoch, ohne sich zu besinnen, den Weg nach dem Kloster ein. Ein dunkles Etwas trieb ihn, dort über die Bewohner des Kastells nachzuforschen. Hatte ihm doch sein Führer gestern gesagt, daß an allen Sonntagen ein Capuziner in der Capelle des Kastells die Messe lese.

Doch war er kaum eine Viertelstunde zwischen Klippen und Buschwerk fortgewandelt, als sich plötzlich neben dem Wege eine Gestalt erhob, die hier auf ihn gewartet zu haben schien. Er erkannte sofort die Alte, deren Gesang ihn am Morgen geweckt hatte. Sie hatte ein braunes Tuch über den Kopf geworfen, unter dem ihre lebhaften Augen ängstlich und kummervoll hervorsahen. Als sie sich überzeugt hatte, daß der Heranschreitende der Erwartete sei, machte sie ihm ein Zeichen, ihr zu folgen, und schlich dann, den Kopf zwischen den Schultern wie eine geblendete Eule, an den Felsen hin, nach einer verlassenen Hütte, die im Schatten eines alten Steinbruchs unter Brombergestrüpp verborgen stand.

„Schwört mir bei dem blutigen Herzen der Madonna", sagte sie, als der Fremde sie erreichte, „daß Ihr mich nicht verraten wollt. Ihr seht aus, wie ein Galantuomo, aber eh' Ihr mir nicht geschworen habt, kommt kein Wort über meine Lippen. Ob Ihr hernach tun wollt, was ich Euch bitten werde, steht bei Euch."

Er besann sich einen Augenblick, den Schwur zu leisten, den sie von ihm verlangte. „Was soll ich tun, Alte?", setzte er hastig hinzu. „Ich bin zu Allem bereit, was sich mit der Ehre eines Soldaten verträgt."

Sie antwortete nicht sogleich. Sie hatte sich in der Hütte auf einen niedrigen Stein gesetzt und stöhnte und jammerte vor sich hin, als wäre sie ganz allein und froh, endlich einmal in einem verborgenen Winkel sich nach Herzenslust ausseufzen zu können. Erst als Eugen sie ungeduldig an der Schulter faßte, schien sie sich zu besinnen, wozu sie eigentlich hier sei.

„Sagt mir erst, wer Ihr seid und was Ihr hier zu suchen habt", fragte sie, indem sie ihn trotz des Schwurs argwöhnisch von oben bis unten musterte. „Wie kommt's, daß er Euch in's Kastell gelassen hat, wo sonst Niemand haust, als wir und die Verzweiflung? Wenn Ihr sein Freund seid, hat die alte Barborin Euch nichts zu sagen."

Er gab ihr in kurzen Worten Bescheid, der sie zu befriedigen schien. Wenigstens blickte sie, mehrmals mit dem Kopf nickend, ruhiger um sich her, zog eine alte Rindendose aus der Tasche und nahm hastig eine Prise. Dann sagte sie:

„Seid Ihr in Mailand bekannt, Herr?"

„Ein wenig", erwiderte er. „Es war meine erste Garnison und ich war dort ein ganzes Jahr, aber es ist lange her."

„Und kommt Ihr wieder hin? Aber bald müßte es sein, sonst ist es zu spät!"

„Sag', was ich dort soll. Wenn es wichtig ist –"

„So wichtig, wie Tod und Leben", sagte die Alte mit einem Blick gen Himmel. „Habt Ihr von dem Grafen T. (und sie nannte den Namen eines der ersten Adelsgeschlechter Mailands) sprechen hören oder seid gar selbst in sein Haus gekommen? Nun, das ist auch gleichgültig. Wenn Ihr wirklich ein Ehrenmann und ein Christ seid und Erbarmen habt mit dem Jammer der Unschuld, so werdet Ihr es mir nicht abschlagen, einen Brief an die alte Gräfin zu bringen, nicht wahr? Weiter hab' ich Euch nichts zu bitten, und der Himmel wird Euch dafür segnen."

„Gib ihn mir, Alte", sagte er treuherzig, „gib mir nur Deinen Brief. Wenn es acht Tage Zeit damit hat, soll er sicher besorgt werden."

„Acht Tage?", murmelte sie. „Das ist lange. In der Zeit kann das Licht am Ende auslöschen. Aber, wenn es nicht anders sein kann, Gott wird vielleicht gnädig sein. Hört, habt Ihr nicht ein Taschenbuch bei Euch?"

„Wozu?"

„Den Brief zu schreiben. Ich armes Geschöpf kenne wohl die Buchstaben, aber schreiben kann ich nicht, und sie, wenn sie es wüßte, daß ich hier mit Euch rede, nicht vor die Augen dürfte ich ihr mehr kommen! Darum hab' ich auch so lange gewartet, bis ich mich entschloß, mich irgendwem zu vertrauen. Hätte ich nicht längst auf diesen meinen Beinen fortlaufen können? und wenn ich dann in Mailand es ihnen gesagt hätte, hätte mich der Herr ja immerhin umbringen können, wie er mir gedroht. So wäre sie doch wenigstens gerettet gewesen. Aber ich wollte nichts tun gegen ihren Willen; ich dachte immer, vielleicht kommt sie selbst zur Besinnung. Nun hab' ich's so weit kommen lassen, daß am Ende nichts mehr hilft!"

„Wieder starrte sie wie abwesend unter Stöhnen und Wimmern in ihren Schoß und schien sich um ihn nicht mehr zu bekümmern. Er hatte indes seine Brieftasche hervorgezogen und ein Blatt herausgerissen. Was soll ich schreiben?“, fragte er.

„Ja so“, sagte die Alte, sich die Augen mit dem Rücken der Hand wischend. „Nun denn in Gottes Namen, fangt immer an: ‚Liebe Frau Gräfin,‘ so darf ich sie wohl nennen, ohne all’ die Umschweife von Gentilissima und Illustrissima. Bin ich doch seit ihrem ersten Kind im Haus gewesen, und wie der junge Graf starb und dann kam die kleine Giovanna zur Welt: ‚Barborin,‘ sagte die Frau Gräfin, ‚wenn Du auch keine Milch mehr hast für die kleine Kreatur, Dein Herzblut, weiß ich, würdest Du für sie hergeben; darum sollst Du im Hause bleiben.‘ O Du barmherziges Herz meines Heilands, wenn ich das Alles vorausgewußt hätte, lieber wäre ich auf die Galeeren gegangen, als das Kind großfüttern und hernach den Jammer an ihm erleben!“

„Sag’ endlich, um was sich’s handelt, Alte“, unterbrach sie Eugen ungeduldig, „die Zeit ist kostbar.“

„Ihr habt Recht, Herr. Aber man sagt auch: ‚Zeit, Geduld und Geld besiegt die ganze Welt‘, und dann wieder: ‚Wer Alles erträgt, ist ein Heiliger oder ein Esel‘. Darum schreibt nur, was ich Euch vorsagen will. Denn meine Geduld ist am Ende.“

„Liebe Frau Gräfin –“, wiederholte der Fremde.

„‚Ich, die Euch hier schreiben läßt,‘“ fuhr die Alte fort, „‚bin Eure alte, treue Barborin und wollte Euch nur melden, daß Ihr auf eine ganz erbärmliche und schändliche Weise betrogen seid, von Jemand, der – Gott verzeih’s ihm! – wie ein Türk und Heide an Eurem Kinde tut, da er Euch und dem Herrgott doch versprochen hat, sie auf Händen zu tragen.‘ Habt Ihr das? Gut! Und nun schreibt weiter: ‚Nämlich, es ist eine Lüge und abscheuliche Verleumdung, daß meine junge Gräfin den Verstand verloren haben soll, und darum sei sie hier in diese Einöde gezogen und wolle keine Menschenseele sehen und sprechen, nicht einmal Vater und Mutter. Sondern im Gegenteil' – und das könnt Ihr unterstreichen – ,sie hat ihre fünf Sinne so richtig beisammen, wie ich selbst und Eure gräfliche Gnaden, mit aller Ehrerbietung sei es gesagt, und daß sie von der Villa fort ist und hier im Kastell eingemauert, das hat Er auf dem Gewissen, den ich nicht nennen will, weil er mir angedroht hat, mich niederzuschießen, wie eine tolle Hündin, wenn ich das Geheimnis ausschwatzen würde. Ach aber, man könnte mich sieben Tode sterben lassen, ich müßte endlich den Mund auftun, oder es bricht mir das Herz stückweise, Tag für Tag den Jammer mit anzusehen, wie nämlich meine junge Gräfin weder ißt, noch trinkt, noch schläft, als wollte sie sich selber mutwillig unter die Erde bringen; denn wohl heißt es: sage mir, wie Du lebst, und ich sage Dir, wie Du stirbst, und daß es so nicht lange fortgeht und mein armer Engel entweder seinen letzten Atem aushaucht, oder zuletzt wirklich noch toll und wahnsinnig wird, das begreift Jeder, der sie kennt und sieht, und auch wohl Er, der an Allem schuld ist, und der's wohl so haben will, sonst würde er sich endlich erbarmen. Darum, meine liebe gnädige Frau Gräfin, wenn Ihr Eure Tochter retten wollt' – habt Ihr das? – nun kommt erst die Hauptsache. Aber, die weiß ich selbst noch nicht. Denn, wenn ich auch schreibe, die Eltern sollen kommen und meine junge Gräfin aus dem Kastell mit sich fortnehmen, wird sie selbst auch mit wollen? Denn Ihr müßt wissen, Herr Capitän, sie spricht nur von Büßen und Sterben, und daß sie die Welt nie wiedersehen wolle, armes Herzchen! und daß sie nichts auf Erden mehr freuen könne. Ach, Er hat es schon erreicht, der Erbarmungslose, daß eine Schwermütigkeit über sie gekommen ist, schwarz wie das Grab, und es wäre besser gewesen, er hätte ihr damals gleich ein Messer in's Herz gestoßen, als daß er sie so mit ihren eignen zweischneidigen Gedanken drei Jahrelang hinmordet!"

Da faltete sie wieder die Hände im Schoß und schluchzte leise vor sich hin. Eugen hörte, wie draußen eine Ziegenherde den Steinbruch hinunterkletterte und die Stimme des Hirten in einer Art Singsang den Tieren zurief. Nun kam der Bursch näher, trat einen Augenblick in die Tür der Hütte, verschwand aber sogleich wieder, da die Herde hastig bergab lief. Eugen wußte nicht, ob er, da er im Schatten stand, dem Hirten sichtbar geworden war. Die Alte mußte er jedenfalls bemerkt haben.

„Laß mich Alles wissen", sagte er rasch, „und spute Dich, Barborin. Man könnte uns hier stören, und dann wäre ich vielleicht nicht mehr im Stande, zu helfen. Was hat sich zugetragen, das die Gatten einander so feindlich gemacht hat? Es ist kaum zu glauben, daß ein Mann das Herz haben kann, seine schöne, junge Frau lebendig zu begraben, wenn sie wirklich unschuldig und bei gesundem Verstande ist."

Die Alte sah ihn groß an und schien einen Augenblick zweifelhaft, wie weit sie ihn in's Geheimnis einweihen sollte. Dann nahm sie wieder mit ihren vom Alter verkrümmten Fingern eine Prise und sagte, indem sie an die Tür trat, dem Ziegenhirten nachzusehen: „Unschuldig? Wer ist unschuldig, lieber Herr? Der Gerechte fällt sieben Mal jeden Tag, und die Strafe hinkt, aber endlich kommt sie doch an. Wollt Ihr, daß ein armer Engel von achtzehn Jahren, den man gezwungen hat, einen Mann zu nehmen, ohne daß das Herz dazu Amen sagt, nun gar kein Herz mehr haben soll? Noch dazu, wenn sie ihres schon verschenkt hat und nicht mehr Herrin darüber ist. Ich höre noch, wie sie zu mir sagte: ‚Barborin,' sagte sie, ‚wenn ich den Marchese heiraten soll und nicht Gino' – so hieß nämlich ihr Vetter, den sie schon als kleines Mädchen geliebt hat – ‚Du wirst sehen, Barborin, es gibt ein Unglück!' Das sagte sie, und weil ich sie kannte und ihren Vater auch, und wußte, daß der von seinem Willen niemals abzubringen ist, ‚Täubchen,' sagt' ich, ‚mein einziges Herz, ja wohl gibt es ein Unglück, aber die alte Barborin hat nicht das Herz, es mit anzusehen, und darum will ich fort nach meiner Heimat, wo ich geboren bin' – das ist nämlich ein kleiner Flecken, drei Stunden von der Stadt – ,und da will ich für meine Giovanna beten Tag und Nacht,' sagt' ich, ,und der Herrgott wird wissen, was er gibt und nimmt.' So sagt' ich und ließ mich auch nicht mehr halten, denn die Hochzeit war nahe, und Gino, der eben Lieutenant in der Marine geworden war, konnte nicht nach Mailand kommen, der alte Graf aber ließ nicht mit sich reden und auch die Gräfin war für den Marchese, weil er nämlich ein so angesehener Offizier war, und sehr reich und auch sonst ein Galantuomo. Aber fragt danach ein Herz von achtzehn Jahren? Die erste Liebe ist die beste, heißt's im Sprichwort. Und so ging ich fort und wollte nichts mehr hören und sehen von Allem, was sich nun zutrug, und richtig, ein ganzes halbes Jahr lebt' ich auch zu Hause, als wäre gar keine Contessina auf der Welt, nur an meinem schweren Herzen konnt' ich merken, daß nicht Alles in Ordnung war.

Nun denkt Euch meinen Schrecken, als ich plötzlich einen Brief bekomme, worin steht, ich sollte auf der Stelle mich in einen Wagen setzen und nach der Villa des Marchese kommen, die junge Frau habe mich nötig. Im ersten Augenblick dacht' ich an frohe Hoffnungen und sagte bei mir selbst: Am Ende hat sie sich doch besser drein gesunden, als sie dachte, und wenn nun gar erst ein Kindchen da sein wird –! Aber ich machte doch die Reise mit schlimmen Ahnungen. Den Brief hatte nicht meine Giovanna geschrieben, sondern er, und wie sich endlich hinkam – es war schon dunkler Abend – empfängt mich der Spitzbube, der Taddeo – das Auge trug er damals verbunden, sonst war er schon ganz so garstig wie heut' – und führt mich nicht zu meiner jungen Herrschaft, sondern, eh' ich mich noch besinnen und den Staub aus meinen Kleidern schütteln konnte, geradewegs zum Marchese.

Ich hatte ihn früher nur ein paar Mal gesehen, fand aber

doch keine große Veränderung auf seinem Gesicht, nur freilich – von Vaterfreude keine Spur!

‚Barborin,' sagte er, ‚ich habe Euch kommen lassen, daß Ihr der Marchesa Gesellschaft leisten sollt. Denn sie ist krank, im Gemüt nämlich, und Ihr seid Ihr von Kindheit an treu gewesen und sie hat Zutrauen zu Euch.' ‚Himmlische Barmherzigkeit,' sagt' ich, ‚wie ist das nur zugegangen, Herr Marchese? Meine kleine Giovanna, die so munter war,' sagt' ich, ‚und das ganze Haus lustig machte mit ihrem Lachen!' – ‚Ja,' sagte er und seufzte dabei, daß ich ein rechtes Mitleiden mit ihm hatte, ‚es ist geschehen!' Dann erzählte er mir kurz, ein Dieb sei bei Nacht in ihr Gemach gedrungen, er, der Marchese, sei zwar noch zur rechten Zeit herbeigeeilt, um ihn zu verscheuchen, aber es habe einen Kampf gegeben zwischen dem Räuber und Taddeo, der dabei ein Auge verloren, und der Schreck und die Aufregung seien die Ursache, daß die Marchesa in Tiefsinn verfallen sei, Niemand sehen und sprechen und an einen Ort fliehen wolle, wo sie mehr in Sicherheit wohnen könne, als in der offenen Villa oder selbst in der Stadt. Darum gedenke er morgen nach seinem Schloß am Gardasee aufzubrechen und dort zu bleiben, bis sich die Angst der armen Frau beruhigt habe.

Das sagte er mir, und mit einem so stillbetrübten Ton, dabei sehr resolut und fest, daß ich auch Alles glaubte und am wenigsten gewagt hätte, eine Einwendung zu machen. Ich sagte ihm, ich sei Willens, meine junge Herrschaft nicht zu verlassen, bis sie mich wieder entbehren könnte, worauf er nickte und seinem Kammerdiener befahl, mich zu ihr zu führen. Aber wie fand ich den armen Engel! Nicht wiederzuerkennen! Bleich und stumm, keine Träne, keine Klage, daß ich heftig erschrak, denn man sagt mit Recht: Wer noch wimmert, kann wieder gesund werden. Werdet Ihr glauben, daß sie nicht eine Miene veränderte, als sie mich sah? Und auf all' mein Zureden nur Kopfschütteln und Abwenden und endlich geradezu der Befehl, sie allein zu lassen. Ach, du himmlische Mutter der Gnaden, wie das einer treuen alten Person in's Herz schneidet! Und am andern Tage ging's richtig fort, ich mit der Marchesa im Wagen, Taddeo auf dem Bock und neben ihm die Küchenmagd Martina, die Alle für einfältig hielten, weil sie nicht viel redete und dabei erbärmlich stotterte, obgleich sie klüger ist als Manche. Der Marchese war zu Pferde und blieb immer hinter dem Wagen. Und so ging's Tag und Nacht mit frischen Pferden, bis wir in das gottverlassene Kerkerloch einfuhren, und wie der Wagen über die Zugbrücke rollte, war mir's doch, als wenn ich Erdschollen auf einen Sarg nieder rollen hörte. Die Marchesa schien nichts zu hören noch zu sehen. Sie lag die meiste Zeit mit geschlossenen Augen im Wagen, und auch hier oben warf sie sich gleich auf ein altes Canapee und blieb wie eine Tote, nur daß sie dann und wann einen Bissen aß. Mit ihrem Gemahl wechselte sie in all' der Zeit keine Silbe. Und kaum waren wir unter Verschluß, so ritt auch der Herr wieder fort und der garstige Mensch, der Taddeo, war unser Kastellan und Kerkermeister.

Ihr könnt denken, daß mir das Alles nach und nach wunderlich vorkam. Ich fragte den Taddeo – aber die Wand da gibt mehr von sich als der. Desgleichen meine junge Herrschaft. Doch schon am ersten Abend, wie ich mit der Martina am Herde zusammensitze, denn die Marchesa hatte mich wieder fortgeschickt, da kam ich hinter Alles, denn ich kann die Martina ganz gut verstehen, wenn es auch Zeit braucht, bis sie sich explicirt hat. Wer meint Ihr, wer der Dieb gewesen, der meine Frau so erschreckt haben sollte? Niemand anders als Gino, und der Schrecken sah der Freude so ähnlich wie Geschwisterkinder. Der Marchese war gerade abwesend von der Villa, auch waren sie noch nicht lange draußen. Die Eltern wollten ihr Kind so bald nicht fortlassen. Aber dort auf dem Lande, sagte Martina, sei die junge Marchesa sehr traurig gewesen, nachdem sie sich in der Stadt lange Gewalt angetan. Ach, Herr Capitano, was wollt Ihr? Man ist nur einmal achtzehn Jahre und nur Eine Liebe ist die erste. Also leben sie in der Villa ganz still etwa eine Woche hin und der Taddeo war schon damals so eine Art Haushofmeister, da sitzt die Martina am Abend in der Küche und plötzlich tritt ein Bauernbursch mit einem Zettel herein, legt den Finger auf den Mund, und da er sieht, daß sie allein ist, schiebt er ihr den Zettel unter die Schürze und fort! Sie sah gleich an der Aufschrift, daß es an die Marchesa war, und bringt's ihr, und die wird über und über rot vor Freude, armes Herzchen! und schreibt rasch zwei Worte auf ein Blatt und bedeutet ihr, das soll sie dem Boten geben, wenn er sich wieder blicken lasse. Der aber kam erst am folgenden Abend; wahrscheinlich fürchtete er den Taddeo. Und besser wär's gewesen, er wäre nie wiedergekommen. Denn kein Teufel in der siebenten Hölle ist so pfiffig, wie der einäugige Spitzbube, und damals hatte er noch obendrein seine beiden Diebslichter im Kopf.

Was soll ich Euch viel sagen, Herr? Am folgenden Abend schlich der Herr Gino in's Haus, auf einem ganz sichern Wege, wie er meinte; aber schon war Alles verloren und verraten. Denn er war erst ein paar Stunden droben bei seiner armen Geliebten, die nun eines Andern Frau war, so wird die Haustür aufgebrochen und der Marchese -- der Taddeo nämlich hatt' es ihn nach Mailand wissen lassen – stürzt herein, nein, stürzt nicht, sagt Martina, sondern fährt wie ein Racheengel, einen Blitz in der Hand – seinen Degen nämlich – an ihr vorbei und hinauf, daß sie erst meint, es habe neben ihr eingeschlagen. Aber sie rafft sich noch rasch genug zusammen, um hinauf zu eilen, womöglich ihrer armen Herrschaft zu Hülfe. Lieber Himmel, wie hätte das arme Geschöpf ihr helfen können gegen den Wütenden! Denkt nur, lieber Herr, wie sie oben in das Zimmer unserer Frau tritt, da sieht sie den Herrn Marchese mitten auf dem Teppich stehen und er rührt kein Glied, nur der Degen in seiner Hand zitterte so stark, daß die

Klinge beständig hin und her blitzte, weil eine Lampe von der Decke herabhing. Und dabei sprach er kein Wort und die Frau auch nicht; sie saß nämlich auf einem Stuhl neben dem Bett und, sagte die Martina, sie war weiß wie Kreide, aber furchtsam sah sie gar nicht aus, vielmehr wie wer schon gestorben ist und es kann ihm nichts mehr geschehen. Das sah die Martina Alles, denn Keines hatte sie kommen hören und sie stand im Schatten neben einem großen Schrank.

Plötzlich hörte man draußen ein Geschrei, denn das Fenster stand offen, und Taddeo's Stimme war ganz deutlich zu unterscheiden, wie er schrie: ‚Verfluchter Mörder! Hülfe! Hülfe!' und in demselben Augenblick machte der Marchese eine Bewegung gegen den Stuhl bin, und schüttelte die Faust mit dem Degen, als wollte er seine Frau durch und durch rennen. Aber, sagt Martina, da schlug sie nur die Augen gegen ihn auf und sah ihn an, als ob sie sagen wollte: tu's! tu's nur, wenn Du das Herz hast! Und er – den Blick konnte er nicht aushalten; da nahm er seinen Degen, stemmte die Klinge gegen den Fußboden und zerbrach ihn – krak! – und die Stücke warf er zum Fenster hinaus. Und da ging die Tür auf und Taddeo kam herein, scheußlich anzusehen, sagt Martina, so blutig wie ein Metzger vom Kälberstechen, und trug was in jeder Hand, in der einen sein eines Auge, das hatte ihm bei dem Raufen unten der arme Ertappte ausgeschlagen, in der andern eine goldene Taschenuhr an einer kleinen Kette. ‚Hier, Excellenza,' sagte er; ‚das ist Alles, was dabei herausgekommen ist. Er selbst ist entsprungen, der maledeite Mörder!' – Damit gab er dem Marchese die Uhr und kehrte sich um, und wie er draußen war, heulte er vor Schmerz und Wut, und die Martina, die ein mitleidiges Herz hat, lief ihm nach, ihm Umschläge um seine Wunde zu machen, aber er sprach kein Wort mit ihr über die ganze Sache, weil er sie für zu dumm hielt, sondern fluchte und schäumte nur, und die Nacht tat Keins in der Villa ein Auge zu. Was die Herrschaft noch mit einander geredet, kann nur Gott wissen. Viel war es in keinem Fall, sagt Martina. Denn sie hörte bald darauf den Herrn in sein Zimmer gehen und sich da einschließen. Dasselbe tat auch die Frau. Sie öffnete nicht und antwortete auch nicht, als Martina gegen Mitternacht hinaufging, um nach ihr zu sehen. Aber das Licht brannte die ganze Nacht bei ihr, und man hörte keinen Laut durch's Haus, als nur das Wüten und Ächzen des Taddeo.

Morgens früh kam der Marchese in die Küche und sagte der Martina, es sei ein Dieb in der Nacht eingebrochen, sie möge diese Anzeige, die er aufgesetzt, in den nächsten Ort tragen, wo ein Gensd'armerie-Posten war, und zugleich diese Briefe auf die Post. Darunter war einer an den Grafen und die Gräfin und der andere an mich. Da ging er in Taddeo's Kammer und schickte ihn ebenfalls zum nächsten Feldscheer mit seinem blutigen Gesicht. Und drei oder vier Tage darauf, als ich hinkam, war's schon im besten Heilen, aber freilich, ein frisches Auge konnten ihm alle Doctoren der Welt nicht ancuriren, und darum hatte er nun einen Haß auf unsere Frau, daß ich glaube, wenn der Marchese ihm gesagt hätte: wirf sie bei lebendigem Leibe in einen Kessel mit siedendem Wasser, er hätte es getan, der giftige Hund. Darum konnte der Herr ihm ruhig das Kastell übergeben, als er fortritt. Ich aber wußte nun genug. Am andern Morgen, gleich in aller Frühe, ging ich zu meiner Frau, obwohl sie mich nicht gerufen hatte. Sie lag wachend im Bett, und ich sah's ihr wohl an, daß sie nicht viel geschlafen hatte. Da sagte ich ihr, daß ich Alles wisse und sie solle sich nur zufrieden geben, kein Mensch in der Welt könne es ihr verdenken, daß sie ihrem armen Geliebten nicht gleich den Laufpaß gegeben, und wenn man mich so gezwungen hätte, einen alten Mann zu heiraten, dem hätt' ich's noch viel Ärger gemacht. ‚Und gewiß,' sagt' ich, ‚wenn der Herr Gino erst weiß, wo Ihr steckt, Himmel und Hölle bietet er auf, um Euch zu befreien, und müßt' er das Kastell an allen vier Ecken in Brand stecken, oder sich durch den Felsen einen Gang zu Euch graben,' sagt' ich. – Aber wenn Ihr glaubt, lieber Herr, daß all' meine guten Worte sie nur so viel getröstet hätten, so irrt Ihr Euch. Es war, wie wenn ich's in den Ziehbrunnen gesprochen hätte. Erst als ich so zufällig erwähnte, unser Kerkermeister sei wieder fortgeritten, fragte sie, indem sie hastig vom Bette aufsprang: ‚wohin?' Und da ich's nicht wußte, fing sie, am ganzen Leibe zitternd, zu klagen an: ‚Er wird ihn suchen, gewiß, er wird nicht ruhen, bis er ihn gefunden hat, und dann ist's sein Tod!' – ‚Oder Eures Herrn!' tröstete ich sie, ‚und dann seid Ihr frei.' – Aber sie wollte nichts hören, und diese ganze Woche, bis endlich der Marchese wiederkam, war Euch ein wahres Fegefeuer vor Angst und Elend. Da aber brachte er Briefe mit von ihren Eltern, die beruhigten sie. Der Marchese war die ganze Zeit in der Stadt gewesen, schrieb die Mutter, und hatte seine Geschäfte geordnet, auch seinen Abschied genommen als Militär, um nur für die Genesung seiner Frau zu leben, wie er ihnen vorgespiegelt. Und dann Bitten und Ermahnungen, sich doch nicht ihrer Schwermut hinzugeben, und die besten Worte, und ob die Mutter nicht kommen dürfe. Auch aus der Stadt allerlei Neuigkeiten, und darunter, daß ihr Vetter Gino sich in Genua eingeschifft habe, weil die Flotte nach Afrika geschickt werde, und das war der beste Trost von Allem. Denn nun war er vor der Rache des Marchese für eine Weile sicher. Sie selbst gab mir den Brief zu lesen, sprach aber nichts dabei, wie sie denn überhaupt in den drei Jahren wenig Worte von sich gegeben hat, außer wenn sie betet. Ach, Herr Capitano, ein Tiger, ein Krokodil würde blutige Tränen weinen, wenn sie die arme Frau so still und blaß wie eine Sterbende herumwanken sähen, und dieses Ungeheuer, ihr eigner Mann –"

„Lebt der Marchese ganz von seiner Gattin getrennt?"

fragte unterbrechend Eugen, der, während die Alte sprach, in steigender Aufregung zugehört hatte.

„Er spricht nie mit ihr", sagte die Amme, „und sieht sie auch von allen sieben Tagen der Woche nur am Sonntag, wenn sie in der Capelle die Messe hört. Dann kommt er und kniet neben ihr im Stuhl nieder, sieht sie aber nicht an und auch beim Hinausgehen spricht er kein Wort, sondern verneigt sich nur ganz vornehm und höflich und geht dann wieder auf sein Zimmer. Dabei läßt er es ihr freilich an nichts fehlen, schickt ihr Bücher und Vorräte zu Handarbeiten, und auch für den Tisch muß ich sorgen, wie wenn wir im besten Glück lebten. Aber Ihr wißt wohl:

Besser trocken Brot von Herzen,
Als Kapaunen mit Schmerzen,

und besser, ein Lot Freiheit, als zehn Pfund Gold. Das ist wenigstens meine Meinung, und daher, als wir das Leben einen ganzen Sommer lang ertragen hatten und nun zum ersten Mal einschneiten und ich stellte mir vor, wie's erst im Winter werden sollte, da faßte ich mir einmal ein Herz und ging zum Herrn und sagt' ihm, es könne nicht so fortgehen; die Frau würd's nicht lange mehr machen und, sagt' ich, es wäre auch schändlich, daß er die arme Kreatur so mißhandelte, und wenn er glaube, auf die Art ihre Liebe zu gewinnen, sei er hundert Meilen vom Ziel, denn selbst einen Hund zähme man besser mit Streicheln als mit der Kette, und ich wisse sehr wohl, daß das Alles nicht wahr sei, mit ihrer Unvernunft, sondern es habe ganz andere Gründe, aber wundern sollt's mich nicht, wenn er sie am Ende wirklich zum Rasen brächte. Das sagt' ich und weiß heute noch nicht, wie ich mir so viel gegen ihn herausnehmen konnte, aber weil er mich einmal reden ließ, gab ein Wort das andere. Als ich nun endlich fertig war, stand er ganz ruhig auf und sagte mit einem Ton, wie wenn man ‚Guten Morgen' sagt: ‚Ich will Euch nur darauf aufmerksam machen, Barborin, daß ich immer geladene Gewehre in meinem Schrank habe und daß es besser ist, Ihr laßt dergleichen Reden, zu mir und zu Anderen, da ich sonst genötigt wäre, Euch niederzuschießen wie eine tolle Hündin. Und nun geht und sagt dasselbe auch an die Martina, falls Ihr Euern Wahnwitz von der haben solltet.' Heilige Mutter der Gnaden, wie erschrak ich! Wie machte ich, daß ich ihm aus den Augen kam! Denn er sah schrecklich aus, so leise er sprach. Und seitdem habe ich nie wieder das Herz gehabt, von dergleichen mit ihm anzufangen. Aber noch kein halbes Jahr war vergangen, da sprach meine Frau das erste Wort zu ihm. Nämlich die Mutter, die ihr alle Wochen schrieb, hatte ihr einen Brief geschickt – ich nahm ihn hernach ihr heimlich fort und las ihn – darin stand, daß Gino in Paris leichtsinnige Streiche gemacht und sich mit einem Franzosen duelliert habe, weil beide einer Tänzerin den Hof machten, und Gino habe eine Kugel in die linke Schläfe bekommen und sei augenblicklich todt geblieben. Das schrieb die Mutter ohne alle Ahnung, was es ihr sein mußte, und der Brief kam an einem Freitag. Von da an bis zum Sonntagmorgen lag meine Frau im Fieber. Ich riet ihr ab in die Messe zu gehen. Aber da war kein Halten. Gut, so geht sie denn hin. Aber als die Messe aus ist und sie neben dem Marchese aus der Capelle kommt, bleibt sie auf der Schwelle stehen und fängt an mit ihm zu sprechen, so leise, daß ich kein Wort verstand; es mag auch wohl Französisch gewesen sein.

Er aber, nachdem er sie eine Zeitlang angehört hat, zieht plötzlich eine Uhr aus der Tasche, dieselbe, die der Taddeo damals in der Nacht aus dem Handgemenge mitgebracht hatte und sagt: ‚Es wird bald Mitternacht sein, Signora Marchesa!' – und damit verneigt er sich und geht, so kurzweg, daß ich kaum noch Zeit hatte hinzuzuspringen und meine Frau, die eine Ohnmacht bekam, in meinen Armen aufzufangen.

Was sagt Ihr dazu, Herr Capitano? Kann ein Christenmensch auf Vergebung seiner Sünden hoffen, wenn er nicht betet: Wie wir vergeben unsern Schuldigern? Und wenn's noch etwas so Gefährliches gewesen wäre! Aber sie war jung und liebte ihn ja nicht, und an Gino hatte sie ihr Herz geschenkt, seit sie zuerst an etwas Anderes dachte, als Puppen und Zuckerbrot, und war sie nun nicht schwer genug gestraft, da der Leichtfuß sie und sein junges Leben hingeopfert hatte – um eine Tänzerin?“

Die Alte schnaufte heftig ein paar Mal hinter einander und wartete offenbar, daß Eugen in Verwünschungen ausbrechen sollte. Der aber stand in tiefen Gedanken und bohrte die Spitze seines Stockdegens in den mürben Steingrund. Endlich sagte er nur: „Und seit der Zeit?“

„Seit der Zeit haben wir gelebt, als wenn wir Sonne, Mond und Sterne vom Himmel gestohlen und den Erzengel Michael ‚Dieb‘ geschimpft hätten. Ja, lieber Herr Capitän, wenn man so wie Ihr in den Bergen spazieren geht und sieht das Kastell so zwischen dem Wald vorschauen, da mag sich's ganz lustig ausnehmen, und ein paar Mal habe ich auch Fremde auf der Brücke sitzen sehen, unter einem weißen Schirm, und die malten es ab. Aber manche schöne Nuß hat einen schwarzen Kern, den die Würmer zu Staub fressen. Wie wir da zwischen den Mauern herumkriechen und an unserm Herzeleid nagen, das denkt Keiner! Nach jenem Tage, wo er ihr die Uhr gezeigt hatte, lag sie Wochen lang mit einem hitzigen Fieber. Da mußte Fra Ambrogio aus dem Kloster, der auch was von Krankheiten versteht, täglich kommen und ihren Puls fühlen und hernach immer dem Herrn Bescheid bringen. Und so hart er sich stellte, ich sah doch einmal, als ich unvermutet bei ihm eintrat, ihn was zu fragen, daß er geweint hatte. Wie's also wieder besser geworden war, riet ich meiner Frau, es noch einmal bei ihm zu versuchen, und sie schickte mich auch, ihm für die Pflege zu danken und dann um die Erlaubnis zu bitten, daß sie ihn besuchen dürfe. Aber er sah mich ganz kaltblütig an und ließ ihr antworten, er bedauere, sie nicht sprechen zu können, er sei beschäftigt. Was sagt Ihr dazu? Und sie war knapp dem Tode entronnen! O der Seelenmörder, der Caraibe! Und sie –

immer stiller und stummer, keine Klage, keine Bitte mehr, wie Eine, die nur lebt, um zu sterben. Selbst gegen den Taddeo, der ihr gern alles Widerwärtige antäte, nur daß er den Herrn fürchtet, ist sie die Sanftmut selbst. Nicht lange, so sagte sie, daß ihr das Sonnenlicht an den Augen weh tue – und ich will's wohl glauben, so viel wie sie weint, wenn sie allein ist – und darum wolle sie bei Tage schlafen und Nachts auf sein. Und da half kein Abraten, daß ihr die schwarze Nacht ihre Melancholie nur immer tiefer in's Herz drücken müsse; sie bestand darauf, und so leben wir nun wie die Fledermäuse. Der Herr scheint sich gar nicht um uns zu kümmern, und in der Messe, wo wir ihn zu sehen bekommen, ist er immer der Alte, und daß er auch die Uhr immer bei sich trägt, kann man sehen an der Kette, so daß sie das Herz nicht hat, ihn je wieder anzureden. Ach, wozu hat sie überhaupt noch das Herz? Nur in's Grab zu steigen. Und es ist wohl ein wahres Wort: Gut verloren, Viel verloren, Mut verloren, Alles verloren.

Bei meinem Leben, lieber Herr, wenn nicht bald Hülfe kommt, so schwindet sie mir unter den Händen hin, grad' wie der Bach, der durch unsere Schlucht fließt, in der großen Hitze ganz vergeht. Denn so wird ihr das Blut in den Adern von ihrem unvernünftigen Kummer ausgetrocknet und eines Morgens muß ich dann zum Herrn gehen und ihm sagen: Ihr habt's erreicht, Herr Marchese, unser armer Engel ist da, wo uns unsere Sünden vergeben werden von einem barmherzigen Heiland, und jetzt schießt mich auf dem Fleck nieder, wie Ihr gedroht, oder ich laufe spornstreichs nach Mailand und schreie Mord! Mord! in allen Gassen, und Euren Namen dazu, daß die Steine Blut weinen sollen! – –"

Wie die Alte das sagte, fing sie selbst so heftig an zu schluchzen, als wäre Alles schon eingetroffen und sie sähe ihre Herrin tot auf der Bahre liegen.

„Barborin", tröstete sie der junge Offizier, „gib Dich zufrieden, gute Alte, noch halten wir nicht so weit, und was ich vermag, dies schreckliche Ende zu verhüten, das gelobe ich Dir zu tun, als wäre Deine Frau meine leibliche Schwester. Aber daraus wird nichts, daß ich ohne weiteres Deinen Brief an die Eltern bringe. Wer weiß, ob ich damit das Übel nicht ärger machte? Denn daß die Frau Marchesa selbst nie daran denkt, die Mutter zu Hülfe zu rufen, ist mir verdächtig. In Händel zwischen Eheleuten soll man sich nicht mischen ohne die höchste Not. Darum ist es durchaus nötig, daß ich Deine Frau sehe und spreche und mich selbst überzeuge, ob sie bei Verstande ist, oder nicht. Wär' es nicht zu machen, daß Du mir das Gitter zum Garten bei Nacht öffnetest? Daß die Tür zu meinem Turm offen bliebe, dafür würde ich schon sorgen."

„Was denkt Ihr auch", sagte die Alte mit erschrockener Miene. „Ihr wißt nicht, wie man uns bewacht. Nie kommen wir an die Luft, ohne daß der Taddeo bei der Hand ist. Er denkt wohl gar, wir würden die Gartenmauer hinaufklettern wie die Katzen, und was hätte er denn noch für eine Freude vom Leben, wenn er Niemand mehr zu plagen hätte? Und dann, meine Frau würde Euch gar nicht sehen wollen. Das ist ja eben ihre Krankheit und Einbildung, daß sie keinem Menschen mehr in's Gesicht sehen will."

„Aber Du könntest ihr sagen, Barborin, daß es ein Freund sei, der Grüße an ihre Mutter mitnehmen wolle und auch ihr selbst kein ganz Fremder sei. Denn Du mußt wissen, daß ich mit der Marchesa getanzt habe auf einem Ball in Venedig, als sie noch eine junge Gräfin war und das Bild des Glücks und der Freude!"

„Habt Ihr das wirklich?", sagte die Alte und sah mit einem rührenden Ausdruck von freudiger Überraschung zu ihm auf. „Ach, ja wohl, Ihr könnt nicht lügen, Ihr habt ein zu ehrliches und schönes Gesicht. Und nun glaub' ich umso fester, daß der Himmel Euch als seinen Engel gesandt hat, uns Alle zu erlösen. Wenn Ihr's denn durchaus nicht anders tut, so will ich versuchen, was ich kann. Seht, lieber Herr, ich bin heut' fortgegangen und hab' gesagt, ich müßte droben im Kloster von den Pulvern holen, die Schlaf machen; die Frau Marchesa habe wieder drei Mal Tag und Nacht kein Auge zugetan. Aber das war nur ein Vorwand, um Euch zu sprechen, denn wir haben noch genug von den Pulvern und sie will sie auch gar nicht mehr nehmen. Nun aber will ich heut' Nacht in den Krug mit Wein, den die Martina immer für den Schurken, den Taddeo, aus dem Keller holt, die doppelte Portion schütten, denn wir müssen durch seine Kammer gehen, weil es zu dem großen Gitter keinen Schlüssel gibt; und wenn ihm dann sein eines Diebslicht ausgeht, führ' ich Euch sacht in den Garten und bring' es schon dahin, daß auch die Frau an die Luft geht, und dann mag der Himmel für das Übrige sorgen. Ach, wenn Ihr sie seht, der Jammer um die schöne junge unglückliche Kreatur wird Euch so auf's Herz fallen, daß Ihr Euch die rechte Hand abhacken ließet, wenn Ihr sie dadurch retten könntet!"

„Wann wirst Du mir öffnen?", fragte er hastig.

„Ich will sehen", erwiderte sie. „Es hängt davon ab, ob sie heut' schläft oder nicht. Wißt, ich komme in den Hof an den Brunnen und tue, als holt' ich Wasser, und singe dabei, und dann horcht, was ich singe; da werde ich Euch die Stunde angeben. Und nun geleit' Euch unsere benedeite Mutter der Gnaden und wartet hier noch ein wenig, bis ich weiter weg bin, damit uns Niemand zusammen sieht; denn der einäugige Teufel, der Taddeo, spürt Alles aus, was man tut oder läßt, und er tränke heut' Abend keinen Tropfen, wenn er nur von fern Unrat witterte. Ich will jedenfalls in's Kloster, denn er fragt sicher am Sonntag nach, ob ich dort gewesen bin. Somit lebt wohl, lieber Herr; der Himmel wird's Euch segnen tausend und tausend Mal!"

Und so mit Seufzen und Stöhnen nahm sie ihren Korb wieder auf, zog das Tuch fester über den Kopf zusammen und verließ mit hastigen, lautlosen Schritten die Hütte, sich beständig umsehend, als wären Späher und Verfolger auf ihren Füßen.

Der Tag war heiß und hier oben auf der kahlen Höhe glühte der Fußboden in der Mittagssonne so gewaltig, daß Eugen bald wieder in die Schlucht hinunterflüchtete. Er verfolgte, um die Stunden nicht ganz für seine nächsten Zwecke zu verlieren, das trockene Bett des Waldbachs nach Norden zu und kletterte unermüdlich von Fels zu Fels, und noch rastloser jagten sich die Gedanken in seiner Brust. Erst nach vielen Stunden machte er Halt in einem verfallenen Häuschen auf der Höhe des Passes, dem man es schon von weitem ansah, daß es mehr Schmugglergesindel, als ehrliche Wanderer zu beherbergen pflegte. Dort nahm er mit dem elenden Vorrat von Käse, Maisbrot und dünnem Wein vorlieb, den ein Weib in zerlumpten Kleidern ihm auftischte. Nachdem er gegessen, suchte er sich eine kühle Stelle etwas höher im Wald, wo er gedankenvoll den Rauch seiner schwarzen Cigarre vor sich hinblies, bis ihn die Müdigkeit übernahm. Erst der letzte schiefe Strahl der Sonne, die, hinter die Talwand versinkend, ihn anblinzte, weckte ihn. Er hatte Mühe, sich auf Alles zu besinnen, was geschehen war und bevorstand; dann trat er umso eilfertiger den Rückweg an.

Er erreichte das Kastell erst bei völliger Dunkelheit. Eine Viertelstunde nach ihm ließ Taddeo auch den Marchese in das große Tor und folgte, ihm die Jagdbeute abnehmend, seinem Herrn in das Gemach hinauf, wo auf dem Schreibtisch schon die Lampe brannte. Während er ihm die hohen Jagdstiefeln auszog, sagte er mit seinem gewöhnlichen verdrossenen Ton:

„Der österreichische Herr hat gestern Abend noch den Schrank weggerückt und ist in den Saal gegangen. Er hat an dem mittleren Fenster eine Scheibe offen gelassen; auch ist ein Tropfen Öl auf den Boden gefallen."

„Was kümmert's Dich?", erwiderte der Marchese, an einer Feder schnitzelnd.

„Hm“, brummte der Diener, „’s ist nur, weil man aus dem Fenster hinübersehen kann, wo die Frau Marchesa wohnt. Wenn der Herr Marchese nichts dagegen hat, mir kann’s ja gleich sein. Ich bin ja auch nicht gefragt worden, ob wir den deutschen Herrn in’s Kastell aufnehmen sollten oder nicht. Und wenn es ihm Spaß macht, mit Barborin zwei Stunden lang oben im Steinbruch zu plaudern –“

„Wer sagt das? Wer hat ihn gesehen?“

„Meneghin , der Ziegenhirt. Sie hatten sich in die Hütte versteckt, da trieb er seine Heerde vorbei. Wie er herunterkam, stand ich gerade draußen an der Brücke. Da sagte er mir’s.“

„Was hat die Barborin draußen zu suchen?“

„In’s Kloster wollte sie, Schlafpulver holen, die Frau habe sie wieder nötig; kann sein, daß auch Andere davon profitieren sollen.“

Eine Pause trat ein. Der Marchese lag im Lehnstuhl, er hatte die Feder weggeworfen und die Augen fest zugedrückt. Taddeo, der jede Miene in seinem Gesichte kannte, schien mit dem Eindruck, den seine Nachrichten gemacht, zufrieden zu sein.

„Was ich noch sagen wollte“, fing er wieder an, indem er Pulverhorn und Schrotbeutel in den Schrank schloß und die Doppelbüchse über die Schulter hing, um sie draußen zu reinigen, „der Herr Capitano hat sich’s verbeten, daß ich die Tür zum Turm wieder zuschließe. Ich sagte, ich hätte es so in der Gewohnheit. Und er, sagte er, sei gewöhnt, bei Nacht frisches Wasser zu trinken; und wenn’s ihm um Mitternacht einfiele, seinen Krug frisch zu füllen, wolle er nicht wie ein Sträfling auf verschlossene Türen stoßen. Ich hab’ den Herrn Marchese nur fragen wollen, wie es damit gehalten werden soll.“

Der Marchese stand plötzlich auf; die Bewegung, die in ihm arbeitete, ließ ihn nicht ruhen. Er schritt mit gekreuzten Armen wohl zehn Minuten lang über den Teppich des tiefen Zimmers hinauf und hinab, während Taddeo scheinbar phlegmatisch mit seinem Taschentuch an dem Lauf des Gewehrs herumrieb. Zuletzt trat sein Herr in die Fensternische und sah in die Nacht hinaus.

„Tu', was Dir gut dünkt, Taddeo", sagte er. „Ich glaube, daß Du wieder einmal vor Scharfsichtigkeit um die Ecke siehst. Aber ich verlasse mich auf Deine Treue. Die Tür zum Turm bleibt offen. Ich will, daß Du tust, als hörtest und sähest Du nichts, während Du Alles hörst und siehst. Geh' jetzt, dem Fremden magst Du sagen, daß ich schon zu Bett gegangen sei, aber morgen ihn zu begrüßen hoffte."

Taddeo ging. Kaum aber war er hinaus, als er hastig auf den Zehen wieder eintrat und die Tür hinter sich offen ließ. „Hören Sie wohl?", sagte er halblaut.

Die dünne, hohe Stimme der Barborin klang aus dem Hof herüber.

„Was soll ich hören?", fragte der Marchese. „Die Alte singt am Brunnen."

„Und was?", flüsterte Taddeo mit einem Gesicht, das von List und Schadenfreude glänzte.

„Ich kann kein Wort verstehen", sagte der Herr, nachdem er eine Weile gelauscht hatte. „Was ist auch an ihrem Singsang gelegen? Geh' und laß mich allein."

„Jetzt wieder dasselbe!", raunte der Bursch, das Auge zudrückend, als könne er so den Sinn des Gehörs schärfen. „Hören Sie nicht:

Im Garten hinter unserm Hause
Ein Schlänglein kriecht, ein Schlänglein kriecht."

„Nun hör' ich es auch! 's ist das Lied von der Donna Lombarda, das hier jedes Bauernweib singt."

„Aber anders, Herr Marchese. Heißt's nicht im Liede weiter:
Des Schlängleins Kopf zerstoßt im Mörser,
Zerstoßet ihn, zerstoßet ihn!
Und wie singt die verdammte Hexe draußen?"

Soeben erscholl die Stimme von neuem, lauter und gellender. Man konnte deutlich die Worte verstehen:

„Um Mitternacht, nach Mondenaufgang
Erwartet mich, erwartet mich;
Die Schlange dann im Garten hab' ich
In Schlaf gewiegt, in Schlaf gewiegt." – –

Dann ward es still. Herr und Diener sahen sich einen Augenblick voll in's Gesicht, und das scharfe Auge Taddeo's bemerkte, wie der Marchese vom Kopf bis zu den Füßen zitterte, als stehe er auf dem Sprunge, hinauszustürzen und die Sängerin draußen zu erwürgen. Gleich darauf war er wieder Herr seiner selbst. „Geh'", sagte er mit gelassener Stimme. „Es bleibt bei Allem, was ich Dir gesagt habe."

Als Taddeo hinaus war, warf sein Herr sich in den Sessel und vergrub das Gesicht in seine Hände. Was für Gedanken mochten ihn bestürmen?

Spät kam der Mond. Eugen hatte schon lange am Fenster gestanden und auf ihn gewartet, und doch, wie jetzt der erste schmale Streif über die Talwand heraufglänzte, erschrak er unwillkürlich. Es stritt wunderlich in ihm. Jetzt konnte er die Zeit nicht erwarten, durch die verbotenen Türen zu schleichen, jetzt wieder, wenn das ernste Gesicht des Marchese vor ihn trat, wünschte er, dies Haus nie betreten zu haben. Er ging dann wieder in den wüsten Saal nebenan und spähte in den Hof. Aber unten blieb Alles dunkel. Das Herz klopfte ihm, wenn er dachte, wozu er hierhergekommen sei und was jetzt all' seine Gedanken beschäftigte. Aber es riß ihn vorwärts.

Zur Stunde, die ihm die Alte bestimmt, tappte er sich im Finstern die Turmtreppe hinab, ein Glas in der Hand, um, wenn er auf den Einäugigen stieße, einen Vorwand bereit zu haben. Aber er blieb im Hofe ganz allein, saß auf dem Steinrande des Brunnens und hörte, wie das schwarze Laub über ihm in der Nachtluft säuselte. Der Cypressengarten ward immer heller, soviel auch die traurigen dunklen Bäumchen vom Mond einsogen; aber die breiten Feigenblätter troffen förmlich von Glanz und die weiße Mauer starrte mit ihren versilberten Zinnen in den lichtgrauen Himmel, daß der Wiederschein Alles lichtete.

Plötzlich ging verstohlen eine Tür, Schritte kamen durch den dunklen Hof herangehuscht und er hörte die gedämpfte Stimme der Barborin: „Seid Ihr's? Kommt!"

Dann, während sie auf den Zehen über die Steinplatten des Hofes gingen, sagte sie: „Alles ist in Ordnung. Es traf sich gut, daß er gerade heut' durstig war wie ein Schwamm. Gar nicht erst in's Glas goß er seinen Wein, sondern stürzte ihn nur so aus dem Kruge hinunter, und dann hatte er Not, sein Bett zu finden. Wir müssen durch seine Kammer, aber fürchtet Euch nicht, er schnarcht, daß ein Regiment Soldaten mit der Musik an ihm vorbeimarschieren könnte. Da seht!", und sie schob ihren Begleiter durch die schmale Tür in ein winkliges Zimmerchen, das nur durch ein kleines Rundfenster einen schwachen Mondschimmer empfing. Im Hintergrunde lag aus einem niedrigen Bett lang ausgestreckt und in seinen Kleidern Taddeo und atmete so schwer, daß es fast wie Röcheln klang.

„Wohl bekomm's ihm!", sagte die Alte und ballte die Faust gegen den Verhaßten. „Er hat die sechsfache Portion von unsern Pulvern. Ich wollt', es machte sich jetzt eine wilde Katze über ihn her und drosselte ihn, daß er sein Schelmenauge nie wieder auftäte. Nur immer mir nach, Herr Capitano. Hier –", und sie öffnete die Tür zu dem geräumigen Gemach, in das er gestern Abend durch die Lücke im Laden geblickt hatte – „es ist dunkel hier, aber haltet nur meine Hand fest. Nebenan wohnt meine Frau, die ist schon zwei Stunden auf und schreibt und schreibt, der Himmel mag wissen, was, in ein Buch, das sie immer vor mir verschließt. Und seht, durch diese Tür geht's in den Garten, den Schlüssel hab' ich dem schnarchenden Ungeheuer abgenommen, da lass' ich Euch vorangehen, und dann red' ich meiner armen Frau zu, ein wenig Luft zu schöpfen, und bringe sie hinaus. Ihr aber haltet Euch im Schatten, und erst, wenn ich huste, tretet Ihr vor. Denn noch hat sie keine Ahnung, daß sie einen Fremden sehen soll, seit drei Jahren zum ersten Mal!"

Damit schloß sie eine Tür auf neben dem Betschemel, den er auch in der Dämmerung wohl wiedererkannte, und ließ ihn in das Gärtchen treten. Es war so eng und klein, daß es ihm, von den himmelhohen Mauern umschlossen, vorkam, als befinde er sich auf dem Grunde eines ausgetrockneten Brunnens, wo die letzte Feuchtigkeit allerlei Grün emporgetrieben habe. Schauerlich war's ihm, zu denken, daß ein schönes junges Leben hieher flüchte, um vor dem Auge des Tages versteckt frischere Luft zu atmen. Alle Bedenken, ob er sich nicht gegen die Pflicht der Gastfreundschaft vergehe, wenn er in das Geheimnis dieser unseligen Ehe einbreche, fielen auf einen Schlag von ihm ab. Er glühte von Grimm und ritterlichem Mut, als er die Höhe der Mauern maß und im Stillen überlegte, wie man wohl am besten sie übersteigen könne, wenn kein anderer Weg zur Rettung offen bliebe. Erst als er hinter sich in dem großen Zimmer die Stimme der Alten wieder hörte, tat er, wie sie ihn gebeten, und trat zwischen zwei Cypressen, die drüben an der Mauer standen.

Gleich darauf öffnete sich die Tür. Die junge Frau trat in den Mondschein hinaus, blieb aber auf der steinernen Stufe wie eine Bildsäule stehen, die großen schwarzen Augen mit einem unbeschreiblichen Ausdruck gegen den Nachthimmel gerichtet, an dem eben der Mond die Zinne übersteigend heraufschwebte. Sie war ganz in ein graues schlichtes Gewand gekleidet, ohne Zierrat und Schmuck irgendwelcher Art, nur ein kleines goldnes Kreuz hing an einem schwarzen Bande auf ihrer Brust. Dabei war das schöngeformte junge Gesicht von so geisterhafter Blässe, als habe sie sich eben von der Bahre erhoben, auf die man sie scheintot hingelegt, und finde sich noch nicht wieder in's Leben. So erschien auch ihr Gang, als sie jetzt auf Zureden der Barborin den engen Kiesgrund betrat, müde und unsicher, wie eine Halbwache oder Schwerverwundete schreitet. Der Lauscher in seinem dunklen Winkel erschrak, als sie dicht an ihm vorbeiglitt. War das dieselbe Gestalt, die vor wenigen Jahren, von Lebenslust beflügelt, an seinem Arm durch den Ballsaal geschwebt war? Das unerbittlichste Strafgericht über den, der sie dahin gebracht hatte!

Sie schien auch heute kaum Acht darauf zu geben, was die Alte in sie hinein wisperte. Nachdenklich stand sie an dem Rosengebüsch in der Mitte des Gärtchens; sie pflückte ein einzelnes Blatt einer roten Rose und schien mit dem Tau, der daran hing, ihre Lippen zu kühlen. Was Barborin ihr sagte, verstand Eugen nicht. Er sah aber, daß sie plötzlich heftig zusammenfuhr und dann einen hastigen Blick umherwarf. In diesem Augenblicke hustete die Alte, und er, der ohnehin sich kaum länger bezwungen hätte, trat rasch aus seinem Versteck.

Aber entsetzt blieb er stehen, als er den Ausdruck der tiefsten Angst und des tödlichsten Schreckens auf ihrem Gesicht gewahrte. Eine dunkle Röte stieg ihr in die Wangen, sie versuchte zu sprechen, öffnete aber nur tonlos die Lippen und erhob beide Hände gegen ihn, wie wenn sie eine furchtbare Erscheinung abwehren wollte. Da benutzte er ihre ohnmächtige Bestürzung, um einen Schritt näher zu treten und in der ehrerbietigsten Haltung sein Eindringen, seine Kühnheit und Eigenmächtigkeit zu entschuldigen. Der reinste Anteil an ihrem unerhörten Geschick habe ihn getrieben, er habe keinen andern Zweck vor Augen, als ihr seine Dienste anzubieten, und wenn sie nur ein Wort sage, das ihm zu handeln erlaube, werde er sein Leben dafür einsetzen, sie aus dieser mörderischen Haft zu befreien. „Ich bin Ihnen nicht ganz fremd, Frau Marchesa", schloß er seine sich überstürzende Anrede. „Vor Jahren sah ich Sie, als Sie noch von Glück und Freude umgeben waren. Sie haben mich damals kaum beachtet; ich aber habe Ihr Bild lange in mir bewahrt, und jetzt –"

„Genug!“ sagte sie, und ihre Augen hefteten sich fest auf den Boden. „Gehen Sie – und wo – bist Du Barborin? Sag’ ihm –“

„Hört ihn doch nur an, teuerste Herrin“, flehte die Alte. „Er will ja nichts, als daß Ihr ihm erlaubt, zu Eurer Frau Mutter zu gehen und ihr zu sagen, daß Ihr nicht krank und schwach im Haupte seid, und wenn es ihn jammert, wie mich selbst, daß Ihr durchaus sterben wollt –“

„Und wenn ich es wollte, wer könnte mich hindern?“, sagte sie plötzlich mit entschlossener starker Stimme, und sah den Fremden mit einer überlegenen Hoheit an, daß er bestürzt die Augen. niederschlug. „Gehen Sie, mein Herr, und versuchen Sie nie mehr, in mein Leben einzugreifen. Sie haben gemeint, mir damit wohlzutun; darum soll Niemand erfahren, was Sie gewagt haben. Ein zweites Mal würde ich es dem sagen müssen, welcher der Herr meines Schicksals ist. Nie wieder – nie – Sie kennen jetzt meinen Entschluß!“

Damit wandte sie sich rasch zur Tür und ehe er ein Wort erwidern konnte, war sie im Hause verschwunden.

„O barmherzige Mutter der Gnaden!“, jammerte die Alte, die Hände ringend. „Habt Ihr’s nun gehört? Ist noch mit ihr zu reden? Und was fangen wir nun an? Ach Gott, ich erlebe es noch, daß sie mit der Stirn gegen die Mauer rennt, wenn es ihr zu lange dauert mit dem Verschmachten! Sagt’ ich’s Euch nicht, daß sie in diesem Käfig noch endlich ganz um den Verstand kommen wird, wie eine geblendete Nachtigall? ‚Wenn ich sterben wollte, wer könnte mich hindern?‘ – ist da noch ein Körnchen Vernunft drin, wenn man zweiundzwanzig Jahre alt ist und eine so schöne vornehme Kreatur? Sagt doch nur um Gottes willen etwas, lieber Herr Capitano, daß mir nicht die Verzweiflung das Herz abstößt, wenn ich das Elend so allein in mich hineinschlucken muß!“

Jetzt erst schien er zu sich zu kommen. „Wir haben es verkehrt und plump angestellt, Barborin“, sagte er, düster zu Boden starrend. „Wir hätten bedenken sollen, wie lange sie kein fremdes Gesicht gesehen hat, und muß nicht auch die Furcht, ihr Schicksal am Ende noch zu verschlimmern, sie vor jedem Schein von Rettung zurückbeben machen? O, was ist hier Alles zerstört? wie lange Zeit wird es brauchen, bis dies arme Leben sich wieder an Licht und Freiheit gewöhnt! O Barborin –“

Er schwieg, die Tränen traten ihm in die Augen. „Führe mich zurück“, sagte er dann, „und höre, ich will einen anderen Versuch machen. Ich Tor, daß ich den Weg nicht zuerst einschlug! Meinst Du, daß sie einen Brief, den ich ihr schriebe, zurückweisen würde? Gleichviel, Du könntest ihn dann behalten und, sie möchte wollen oder nicht, ihr immer wieder damit kommen. Es muß endlich wirken.“

„Tut das, lieber Herr“, sagte die Alte, während sie die dunkeln Räume wieder durchschritten. „Seht, da liegt das Tier, der Taddeo, noch immer wie ein toter Sack und schläft seinen Rausch aus. Aber ich fürchte, er merkt hinterdrein, daß man ihm was eingegeben hat. Denn das ist ihm noch nie passiert, und an mir läßt er dann seine Wut aus. Also muß ich doppelt vorsichtig sein und darf nicht mehr mit Euch zu handeln haben. Aber wenn Ihr den Brief unter den Trittstein am Brunnen legtet, da würde ihn Niemand suchen außer mir, und dann macht’s ihr nur recht eindringlich, und besonders ihre Mutter müßt Ihr ihr zu Gemüt führen; denn die hat sie außer ihrem Gino am meisten geliebt, und wenn sie mir nicht so streng verboten hätte, nie mehr von der Frau Gräfin zu reden …“

Die Stimme der Alten war flüsternder, als sie mit dem Fremden in den dunklen Hof hinaustrat. Kaum aber hatte sie den Rücken gewendet, so rührte sich der Schläfer im Winkel, öffnete das einzige Auge und kroch wie eine Katze an die Wand, wo er durch das Rundfenster auf den Hof sehen konnte. Wenige Minuten darauf, als Barborin zurückkam, um nun ebenfalls zu Bett zu gehen, lag er wieder in der vorigen Stellung, als wenn er sie nie verlassen hätte.

Keine Viertelstunde war vergangen, so klopfte Taddeo oben an der Tür seines Herrn und trat dann mit seiner gewöhnlichen halb lauernden, halb dummen Miene in das Zimmer, wo der Marchese vor einem aufgeschlagenen Buche saß. Er hätte eher sich selbst als seinem Diener vorspiegeln können, daß er darin gelesen habe.

„Alles besorgt, Eccellenza", sagte er, „Alles glatt abgelaufen, wie ich mir's gedacht habe. Den Turm offen gelassen, den Wein mit dem Schlafgift weggegossen, mich taumlig gestellt und zu Bette getorkelt und drauf hingefallen wie ein Scheit Holz. Dann gleich die verfluchte Hexe über mich her, mir den Schlüssel weggefingert und hinaus, und kaum daß man drei Vaterunser hätte beten können, wieder durch mein Zimmer, den Herrn Österreicher hinter sich und ihn in den Garten bugsiert und dann mausestill."

Der Marchese bewegte sich unwillkürlich auf seinem Stuhl, biß aber die Lippen zusammen und schwieg.

„Ich mußte noch ein Weilchen liegen bleiben", fuhr Taddeo fort, „bis sie erst alle Drei im Garten waren. Dann aus den Stiefeln geschlüpft und an die Tür, die in den Garten geht."

„Du hörtest Alles?"

„Alles, Herr." Und er berichtete, auf seine Art, aber in der Hauptsache der Wahrheit gemäß. „Und dann plötzlich", schloß er seine Erzählung, „schoß die Frau Marchesa wie ein Pfeil durch die Tür herein, daß ich schon dachte: Nun sieht sie dich. Aber nichts da! Sie stürzte nur geradewegs nach ihrem Schlafzimmer, und ich hörte, daß sie den Schlüssel hinter sich umdrehte. Ich dann wieder nach meinem Bett getappt und die Komödie weiter gespielt. Und da hört' ich noch, daß der Capitän ihr schreiben will, nämlich der Frau Marchesa, und die Vettel von Barborin will den Brief unterm Stein am Brunnen abholen. Befehlen der Herr Marchese, daß ich der gottverfluchten Hexe den Hals umdrehe?"

Der Marchese, der die letzte Frage überhört zu haben schien, stand auf, in einer Bewegung, die er nicht mehr zu verbergen suchte. Er ging einige Mal die ganze Länge des Zimmers auf und ab, hastige Worte vor sich hinmurmelnd; dann erst schien er sich zu besinnen, daß er nicht allein war.

„Du hast nichts weiter zu berichten?", sagte er, indem er vor Taddeo stehen blieb und ihn durchdringend ansah.

„Noch mehr?", erwiderte der Bursch und zwinkerte halb possenhaft mit dem Auge und dem linken Mundwinkel. Dann aber, als er sah, daß sein Herr nicht in der Laune war, Spaß zu verstehen, setzte er wieder in unterwürfigem Ton hinzu: „Befehlen der Herr Marchese, daß ich den Brief abfangen soll?"

Eine kurze Pause trat ein. Dann sagte der Marchese: „Geh' jetzt zu Bett, Taddeo, und fahre fort, auf Alles Acht zu geben, was geschieht. Den Brief will ich nicht sehen, hörst Du? – nur wissen, ob er geschrieben und angenommen worden ist. Gute Nacht!"

„Wohl zu schlafen, Herr Marchese!"

Und der Diener schlich aus dem Zimmer, nicht in der besten Stimmung. Die Art, wie sein Herr die Sache behandelte, wollte ihm nicht in den Kopf. „Aber wart' nur", murmelte er ingrimmig, während er sich wieder in seine Kammer stahl, „Dir ist's nicht geschenkt, vermaledeite Giftmischerin! Und den Brief – wenn er ihn nicht zu lesen begierig ist – ich will den Krebs schon aus dem Loche holen, wenn er mich auch in die Finger zwickt!"

Dann entschlief er, einen Fluch auf den Fremden zwischen den Zähnen.

Droben im Turmzimmer brannte um dieselbe Stunde noch die Lampe und brannte noch lange fort, als der Mond schon untergegangen war. Eugen saß am Tische und schrieb mit Bleistift auf ein Blatt, das er aus seinem Zeichenbuch ausgerissen hatte. Lange war er unschlüssig geblieben, ob er es tun solle und dürfe. Nicht, daß ihn ihre Drohung geschreckt hätte, es dem Marchese zu sagen, wenn er sich ihr noch einmal näherte. Ihr selbst zu mißfallen, fürchtete er, ihre gute Meinung zu verscherzen, ihr zudringlich und vorwitzig zu erscheinen. Aber wenn er schwieg, in einem wie zweideutigen Lichte mußte sie ihn sehen, da er kaum wußte, was er ihr im Garten gesagt und ob sie ihn richtig verstanden hatte! Und es war ihm unerträglich, so von ihr zu scheiden, das Haus zu verlassen und denken zu müssen, daß hier Alles seinen unglückseligen Gang fortgehe, weil er, der Einzige, der vielleicht hätte retten können, nach dem ersten Fehlschlag sich zurückgezogen habe. Also schrieb er, ganz wie es ihm um's Herz war, mit schlichter, soldatischer Gradheit, erst sich entschuldigend, dann in sie dringend, ihr Leben nicht ein für alle Mal verloren zu geben. Er wisse nur wenig von den Ereignissen, die sie bewogen hätten, diese furchtbare Einsamkeit aufzusuchen. Aber da ihn der Zufall zum Mitwisser gemacht, könne er den Gedanken nicht ertragen, daß er nun wieder in's Leben zurück solle und sie hier in freiwilligem Hinsterben wisse, in langsamer Selbstvernichtung, ehe er überzeugt sei, daß es gegen den Kummer, der ihr zur leben verwehre, kein Heilmittel mehr gebe. Er gestand ihr, wie lange er damals sich mit ihrem Bild beschäftigt habe. Er versicherte, nicht eine selbstische leidenschaftliche Regung treibe ihn jetzt, sich ihr zu jedem Dienste anzubieten. Er habe keinen höheren Wunsch, als sie aus dieser tödlichen Luft wieder in's Leben zurückkehren zu sehen, und wenn sie selbst jede Kraft, zu hoffen und zu wünschen, in diesem Schattendasein eingebüßt habe, so stehe er nicht dafür, daß er nicht eigenmächtig handle, wie ihm gutdünke, auf die Gefahr hin, das unheilvoll Verworrene nur noch schlimmer zu verwirren. Er bat sie zum Schlusse, ihm schriftlich zu sagen, ob er mit ihrer Mutter reden dürfe, der sie es doch schuldig sei, ihr das einzige Kind zu erhalten. Dann unterzeichnete er mit seinem vollen Namen, faltete das Blatt, so gut es ging, zusammen, und da es ihm an Siegellack und Oblaten fehlte, verschloß er den Brief mit einem Wachstropfen von einer alten Kerze, die er im Schrank gefunden, und drückte seinen Siegelring darin ab.

Noch in der Nacht trug er das Blatt hinunter an den Brunnen, hob den Trittstein behutsam auf und legte den Brief glatt darunter. Die Nachtkühle tat ihm wohl. Er ließ den Eimer hinunterrollen und schöpfte sich einen frischen Trunk. Dann saß er noch lange auf dem Brunnenrand und sah in großer Traurigkeit durch das Gitter, das den jetzt ganz dunklen Garten verschloß. Er sagte sich in Gedanken noch einmal Alles vor, was er geschrieben hatte. Kein Wort hatte er zurückzunehmen. Und doch fühlte er mehrmals einen seltsamen Zug in sich, das Blatt wieder hervorzuholen und zu vernichten. Endlich, um den peinlichen Zwiespalt abzuschneiden, stieg er rasch wieder in sein Zimmer hinauf und versuchte zu schlafen, so gut es gehen wollte.

* * *

Der folgende Tag war neblig und schwül. Ein schwerer Scirocco wehte die Dünste des Sees in das Gebirge hinauf und die Sonne drang nicht durch. Unter der Platane am Brunnen schien es heute nicht Tag werden zu wollen.

„Schon so früh auf den Beinen, altes Ungewitter?“, sagte Taddeo, als er, mit den Stiefeln des Fremden aus dem Turm tretend, die Barborin am Brunnen fand. „Und bist doch gestern lange spazieren gegangen, wenn mir recht ist.“

„Was weißt Du davon, Murmeltier?“, brummte die Alte. „Dich hat man schnarchen hören, daß die Mauern einem über den Kopf zu fallen drohten.“

„Gott sei Dank!“, sagte der Bursch mit einem höhnischen Auflachen. „Ich schlafe den Schlaf des Gerechten. Wer ein böses Gewissen hat, den sticht jede Daunenfeder in’s Fleisch.“

„Man kennt Dich“, erwiderte die Alte, „daß Dich eine glühende Kohle nicht brennen würde, solch’ ein ausgeglühter Höllenbraten, wie Du bist. Geh’ nur Deiner Wege! Gute

Worte zerbrechen einem nicht die Zähne, aber ich will lieber den Gottseibeiuns Gevatter nennen, als an Dich ein gutes Wort wenden."

Sie füllte rasch ihren Krug und trug ihn in's Haus. „Ob er was gemerkt hat?", murmelte sie für sich. „'s ist sonst nicht meine Zeit, an den Brunnen zu gehen, und wie er aus der Tür trat, hatte ich den Brief erst halb in der Tasche. Gleichviel! Wenn der Himmel helfen will, muß der Teufel mit langer Nase abziehen. Ach, du armes Herz! Da geht sie noch immer ohne Schlaf, und Ruhe auf und ab. Frau Marchesa!", und sie klopfte mit ihren krummen, alten Fingern leise an die Tür. „Ja wohl", sagte sie dann, „nun soll ich glauben, daß sie schläft! Aber Barborin ist nicht so leicht anzuführen. Sie will mich nicht sehen, ich weiß wohl. Was soll sie mir für ein Gesicht machen? Daß ich den Herrn Capitano hereingelassen habe, das muß sie mir übelnehmen, und doch weiß sie am besten, es meint es kein Mensch so gut mit ihr, wie dies alte garstige Geschöpf von Barborin. Wart', ich will ihr den Brief unten durch die Türspalte in's Zimmer schieben. Da mag sie ihn dann nehmen oder nicht, ich wasche meine Hände."

Gesagt, getan. Die Spalte war breit genug, um den Brief mit einem geschickten Wurf so weit in's Zimmer zu bringen, daß er nicht übersehen werden konnte. Als es geschehen war, setzte sich die Alte mit zufriedener Miene an den Spinnrocken neben das Fenster, durch dessen zerbrochenen Laden ein grauer Tagesschimmer hereindrang. Sie summte wieder das Lied von der Donna Lombarda vor sich hin:

„Des Schlängleins Kopf zerstoßt im Mörser,
Zerstoßet ihn, zerstoßet ihn!
Das schüttet in den Wein dem Gatten,
Von dem er trinkt, von dem er trinkt,
Wenn er zu Nacht vom Jagen heimkommt
Und durstig ist und durstig ist – – –"

Da ging plötzlich die Tür des Schlafzimmers auf und ihre junge Herrin trat herein. „Barborin“, sagte sie, und ihre schönen dunklen Augen blickten sehr ernst und strenge, „ich hatte mir vorgenommen, Dir kein Wort über Dein wahnwitziges Treiben gestern Abend zu sagen. Ich weiß, Du hattest es gut im Sinn, und darum wollt’ ich Dir verzeihen, wenn Du von jetzt an Dich vernünftig betrügest. Aber daß Du die Stirn hast, das Spiel fortzusetzen, ist zu stark. Und hiermit sag’ ich Dir’s: Noch der leiseste Versuch dieser Art, und wir sind geschieden. Was den Fremden betrifft, so dauert er mich noch mehr, als ich ihm zürne, und darum will ich das Letzte noch unterlassen und dem Marchese nichts sagen. Ich weiß, er verließe das Schloß nicht lebendig, wenn mein Gemahl von diesem Briefe wüßte. Aber so kann’s nicht bleiben. Ich will, daß Du Dich gleich aufmachst und Fra Ambrogio bittest, ungesäumt zu mir zu kommen. Der soll dem Tolldreisten meinen Willen mitteilen und ihm raten, je eher je lieber fortzugehen. Hast Du gehört, was ich Dir gesagt, Barborin?“

Die Alte starrte ihre Herrin mit weitgeöffneten Mund und Augen an. „Um Gott, Frau“, sagte sie, „dazu den Fra Ambrogio?“ Das könnte ja ich –“

„Still!“, herrschte die Marchesa. „Ich wiederhole Dir’s: Wenn Du nur das geringste Zeichen, nur einen Blick oder Wink mit dem Fremden wechselst, so darfst Du mir nie wieder vor’s Angesicht. Eile Dich und hole den Alten. Ich habe ihm noch mehr zu sagen. Am Nachmittag kann er schon hier sein.“

Damit ging sie, ohne die Erwiderung ihrer erschrockenen Getreuen abzuwarten, in ihr Zimmer zurück und schloß sich von neuem ein. Die Alte kannte sie hinlänglich, um zu wissen, daß nichts übrig bleibe, als zu gehorchen. Es war ihr nie so sauer geworden, wie diesmal. Mit Ächzen und Seufzen machte sie sich auf und vergaß sogar, ihre Dose einzustecken. Taddeo, dem sie im Hof von dem eiligen Auftrag ihrer Gebieterin sagte – sie durfte ohne sein Wissen nicht aus dem Kastell – sah an ihrem verstörten Wesen, daß etwas nicht richtig sei, daß der Brief, den er selbst vor Tage noch gelesen, eine unerwünschte Wirkung gehabt habe. Er zerbrach sich den Kopf darüber, was der Capuziner solle. Endlich beschloß er, seine Schuldigkeit, diesmal blindlings, zu tun und seinem Herrn das Neueste zu hinterbringen.

Er fand ihn mit einem überwachten Gesicht am Fenster stehen, als ob er ihn längst erwartet hätte. Auch die Meldung hörte er an, als habe er sich auf Das und Anderes völlig gefaßt gemacht.

„Taddeo", sagte er, während er Briefe und Geld in eine kleine Cassette tat, „wir verreisen in einer Stunde. Du wirst mich diesmal begleiten. Gehe sogleich zu meiner Frau und sag' es ihr, in meinem Auftrage, hörst Du? Wie lange ich fortbleibe, sei noch ungewiß, vielleicht Monate. Wenn sie einen Wunsch oder eine Beschwerde habe, der ich abhelfen könne, solle sie mir's sagen lassen. Was stehst Du und gaffst?"

„Herr Marchese –", stotterte der Bursch, der seinen Herrn fast wie einen Irrsinnigen anstarrte, „Sie wollten – Sie könnten – aber das ist ja unmöglich!"

„Es geschieht!", sagte der Marchese. „Geh' und packe dann meinen Koffer. Die Martina soll ihn uns nachtragen den Berg hinunter, bis wir einen Schiffer unten am See finden. Du selbst nimmst nur das Nötigste in Deinen Mantelsack. Geh' und laß mich nicht warten."

Als der Diener hinaus war, schloß der Marchese die Cassette, dann warf er sich in den hohen Sessel wie ein tief Erschöpfter und blieb so liegen, die Augen fest auf die Tür geheftet. Er rührte sich nicht; in furchtbarer Spannung aller Sinne horchte er hinaus. Lange hörte er nichts, als das Ticken von Gino's goldner Uhr, die neben der Cassette auf seinem Tische lag.

Da endlich vernahm er Schritte im Vorzimmer draußen, Schritte, deren schwebender Hall ihn plötzlich aus seiner Lage emporriß. Mit der rechten Hand stützte er sich scheinbar nachlässig auf die Lehne des Sessels, mit der Linken drückte er sein Herz zusammen, das zu springen drohte.

Es klopfte leise an die Tür. Mit gepreßter Stimme, kaum hörbar rief er „Herein!". Die Tür ging auf und seine Frau trat über die Schwelle.

Er erschrak vor der Blässe ihres jungen Gesichts, das er so lange nur in dem grauen Zwielicht der Schloßcapelle gesehen hatte und auf das jetzt der kalte Tagesschein fiel. Ein scheuer Blick aus ihren schwarzen Augen streifte ihn; gleich darauf waren ihre Wangen tief in Glut getaucht. Sie mochte gesehen haben was neben der Cassette lag.

Sie tat unwillkürlich einen Schritt zurück, als hätte sie sich in ein falsches Zimmer verirrt. Aber sie blieb am Türpfosten gelehnt stehen und sammelte all' ihren Mut.

„Ihr wollt verreisen, mein Gemahl?", sagte sie tonlos, mit der Hand das Kreuz festhaltend, das auf ihrer Brust hing. „Ich habe kein Recht zu fragen, warum Ihr geht und wohin. Aber die Angst hat mich überfallen, es möchte meiner Mutter etwas zugestoßen sein, das Euch so plötzlich nach Mailand riefe. Ich hatte einen ängstlichen Traum, wo ich sie sterbend sah. Sagt mir aus Barmherzigkeit nur das Eine, ob ich mich täuschte oder nicht."

„Ich hoffe, die Gräfin ist wohl", erwiderte er mit gewaltsamer Fassung. „Wenigstens habe ich keine Nachricht, die das Gegenteil sagte. Wenn ich reisen muß, so sind es andere Gründe, die es mir dringend machen. Aber da ich vielleicht lange von hier abwesend bin, wollte ich vorher erfahren, ob Euch die Luft hier noch zusagt. Ihr seht blaß aus, Giovanna. Der Aufenthalt in dieser Enge mag Euch nicht länger zuträglich sein. Sagt es offen. Ich würde dann Vorkehrungen treffen, daß Ihr den Winter in Venedig zubrächtet, wo die feuchte Seeluft Euch ohne Zweifel heilsam wäre."

„Ich danke Euch", sagte sie und ihre Stimme bebte, „ich verdiene nicht so viel Güte und Rücksicht. Laßt mich, wo ich bin. Ich möchte nirgend anders sterben, als in dieser Einsamkeit. Aber, wenn Ihr für eine Bitte von mir ein Ohr habt, so reis't heute noch nicht; verschiebt es bis morgen – oder übermorgen – je nachdem."

„Und aus welchem Grunde?", fragte er.

„Ich möchte ihn Euch lieber nicht sagen, um Euch Unangenehmes zu ersparen. Wenn Ihr mir glauben wolltet, daß es besser wäre – aber Ihr habt Recht; Euer Vertrauen wäre eine zu große Gunst für mich."

Er schwieg und ließ seine Augen fest auf ihren gesenkten Wimpern ruhen.

„Nun denn", fuhr sie fort, „so muß ich wohl sprechen, auf alle Gefahr. Ich habe es dem Fra Ambrogio vertrauen wollen, der sollte mir raten. Nicht, was ich Euch schuldig bin. Darüber braucht mich Niemand zu belehren. Aber ob es nicht einen schonenderen Weg gäbe, auch einen Dritten, der mit beteiligt ist, in seine Schranken zurückzuweisen, ohne Euch zu kränken. Nun wollt Ihr so eilig fort; da bleibt nichts übrig, als Alles Eurer großmütigen Entscheidung zu überlassen."

„Wovon redet Ihr, Giovanna?"

Sie trat einen Schritt näher und zog die Tür hinter sich zu. „Ein Gast ist im Hause", sagte sie, „der ohne mein Wissen und wahrlich sehr gegen meinen Willen erfahren hat, was für ein unglückliches Leben noch unter diesem Dach atmet. Er hat Mittel gefunden, mich bei Nacht im Garten anzusprechen. Ich habe ihn mit aller Entschiedenheit bedeutet, daß ich ein zweites Einmischen in mein Schicksal ihm nicht verzeihen würde. Nun hat eine törichte, fast wahnwitzige Teilnahme an meiner Lage, die er doch nur von außen kennt, ihn so kühn gemacht, mir zu schreiben, – diesen Brief. Les't ihn, mein Gemahl. Er wird Euch überzeugen, daß ich mich hier nicht sicher fühlen würde, wenn Ihr mich mit diesem überspannten Mann allein ließet. Ich wollte ihm durch Fra Ambrogio einen Schwur abnehmen lassen, nie von dem, was er hier gesehen, zu einer lebenden Seele zu reden. Das, oder wie Ihr sonst mit ihm zu verfahren denkt, sei nun Eure Sache. Aber laßt mich noch auf meinen Knien bitten, weder an ihm noch an Jemand sonst wegen dessen, was geschehen, rasch und grausam zu handeln. Sie meinen es gut, so verkehrt sie denken. Sie wissen Alle nicht, daß ich nichts Anderes wünsche, als was mir hier bereitet ist."

Jetzt erst, während er den Brief in zitternden Händen hielt und lange hineinstarrte, wagte sie ihn anzusehen. Die Herrschaft über sich selbst, die ihn auch jetzt nicht verließ, hielt die Bewegung in ihm so weit nieder, daß sich nichts davon auf dem düsteren Gesicht spiegelte. Und so sagte er endlich auch mit gelassenem Ton, wie wenn er das Gleichgültigste hinwürfe:

„Ich finde diesen Brief ganz vernünftig. Der Schreiber sieht die Lage der Dinge zwar von außen, aber darum nur desto unbefangener, und Ihr tut ihm sehr Unrecht, wenn Ihr ihn für halb wahnwitzig haltet. In der Tat, auch mir ist der Gedanke mehr als einmal gekommen, daß es nicht so fort gehen könne. Denn einen Mord auf mich zu laden, jetzt mit kaltem Blute, nachdem ich damals mit meinem heißen es nicht habe über mich gewinnen können, dazu spüre ich keine Lust. Und doch wird das das Ende sein, wenn Ihr so fortlebt."

„Gewiß", sagte sie, „ich werde sterben, aber daran habt Ihr keine Schuld, mein Gemahl. Und wenn Ihr es hättet, so würde ich Euch auch dafür danken; denn ich habe nichts mehr im Leben zu hoffen."

„Ihr seid jung, Giovanna. Der Schatten, der auf Euer Leben gefallen ist, wird sich lichten. Was geschehen ist, stirbt endlich ab und läßt das Herz wieder los. Dann werdet Ihr Euch eines Tags wundern, wie Ihr so lange in dieser Dumpfheit ausgehalten habt, und wenn ich, der ich so viel älter bin, dann aus dem Leben gehe und Eure Hand wieder frei gebe, die ich nie hätte ergreifen sollen, da ich wohl wußte, daß Euer Herz sich von mir abwandte –"

„Ihr habt keine Schuld", unterbrach sie ihn. „Ich habe Euch nie gesagt, daß ich schon vor Euch geliebt hatte."

„Aber ich wußte es. Ich sah es mit diesen meinen Augen. Leidenschaft verblendete mich. Ich hoffte, wenn Ihr mein wäret und den Ernst und die Stärke meiner Gefühle sähet, ich würde endlich den Nebenbuhler aus dem Felde schlagen. Ich hatte nicht bedacht, daß eine erste Neigung in einem Gemüt, wie das Eure, die tiefsten Wurzeln treiben müsse; dann kam Alles, wie es kommen mußte, wie es der Lauf der Welt mit sich brachte."

„Nein, mein Gemahl", sagte sie mit erhobener Stimme und einem vollen Aufleuchten ihres traurigen Blickes. „Ihr tut Euch sehr Unrecht, wenn Ihr sagt, es sei hier nichts geschehen, was nicht alltäglich wäre. Ich war jung, als ich mich mit Euch verband, aber nicht so jung, daß ich nicht Euren Wert hätte erkennen sollen, wenn nicht ein kindischer Trotz, den ich in mir selbst nährte, sich in mir aufgelehnt hätte, je edler und gütiger Ihr wart, desto ungebärdiger Euch fremd zu bleiben, ja eine Todsünde zwischen uns zu stellen, die nichts auslöschen, keine Reue und Buße vergessen machen kann. Ob das noch alltäglich war, ich weiß es nicht, ich habe die Welt zu wenig gesehen. Aber, daß Ihr handeltet, wie Wenige Euch nachtun würden, davon bin ich in meinem Innersten überzeugt. Ihr hattet das Recht, mich und ihn in die ewige Nacht zu schicken. Niemand hätte Euch einen Mörder geheißen. Aber Ihr hättet Schande auf meinen Namen, auf den Namen meiner Eltern gehäuft, und das edelste Mitleiden hielt Eure Hand zurück, in der schon der Degen nach meinem schuldigen Blute zuckte. Und dann, statt mich in der Stille dieses Hauses mit Füßen zu treten, wie den Auswurf des Geschlechts, und davon zu gehen und mich meinen Qualen zu überlassen, habt Ihr es ertragen, die Luft mit mir zu Teilen, und mir Muße gegönnt, in mich zu gehen und zu erkennen, wer ich bin und wie tief ich unter Euch stehe. Ich weiß, ich werde nie in's Leben zurückkehren. Es ist ein Ekel in mir an allen Freuden, an die ich früher mein Herz gehängt habe. Und was hätte ich auch vom Leben, selbst wenn Ihr mir zureden wolltet, die Welt wieder zu sehen, da ich nie hoffen darf, wieder für Euch zu leben? Aber da wir doch gerade von all' diesem Trostlosen sprechen – und ich danke Euch auf's Innigste, daß Ihr mich anhört nach so langem Verstummen – Eine Hoffnung hege ich, mein Gemahl, Eine Bitte, die ich Euch in dieser glücklichen Stunde sagen will: Wenn ich sterbe, so bleibt mir nicht fern; wenn ich Euch dann bitten lasse, noch einmal zu mir zu kommen, so kommt und verweigert mir nicht Eure Hand, und wenn ich dann nicht mehr sprechen kann, Euch nur noch ansehe, so wißt, was der Blick bedeutet, daß er Euch anfleht, mir nur einmal die Hand auf die Stirn zu legen und zu sagen: Ich habe Dir verziehen!"

Er schwieg eine Weile und stand, die Augen fest geschlossen, im Kampf mit einer übermächtigen Bewegung. „Nein", sagte er endlich und seine Stimme bebte, „das kann ich nicht, das ist zu viel verlangt!"

„Was, mein Gemahl?", sagte sie erschreckend und trat einen Schritt zurück.

„Daß ich warten soll, bis Du stirbst, um Dir das zu sagen!", lallte er und öffnete plötzlich die Arme, während ihm ein Strom von Tränen aus den Augen stürzte. Halb blind stürzte er ihr entgegen, verworrene Worte stammelnd: „Mein Weib! – mein armes Weib! – Vergib – komm' an meine Brust – sei mein – laß mich Dein sein! – Gott – allbarmherziger Gott – diese Stunde nur überleben und dann Dich preisen – ewig!" – –

Er haschte nach ihren Händen. Sie aber war dicht an der Schwelle zusammengesunken. Das Übermaß der Freude schien sie entseelt zu haben. Da versuchte er sie aufzuheben und ließ sie dann wieder niedersinken, kniete neben ihr und lehnte ihr ohnmächtiges Haupt an sein Knie, Stirn und Lippen ihr mit Küssen und Tränen bedeckend. „Wach' auf", rief er ihr in's Ohr, „wir fangen ja erst zu leben an, wir haben es uns hart verdienen müssen, noch einmal glücklich zu werden; nun laß uns keine Zeit verlieren. Ich geize mit jeder Minute, da ich Jahre verloren habe. Wach' auf, Giovanna, mein armes geliebtes Weib, wach' auf!"

Da schlug sie endlich die Augen langsam wieder auf, aber sie konnte noch nicht sprechen, sie lag ganz still auf dem Teppich in seinen Armen und sah ihn groß und ruhig an, als wollte sie aus seinen Augen erforschen, ob dieses Märchen Wahrheit sei. „Geht es denn schon zu Ende?" war das Erste, was sie hervorbringen konnte. Und er: „Wir fangen erst an", wiederholte er. „Komm', hier gebe ich Dir den ersten Kuß als Dein verlobter Bräutigam. Ehe Du heut' meine Braut wurdest, hast Du viel Dunkles und Trauriges erlebt. Aber die Liebe, die Dir nun über'm Haupt zusammenschlägt, spült Alles von Dir ab, Du geh'st mir entgegen wie ein neuer Mensch, und so nehme ich Dich an mein Herz und danke Gott für Dich, der Dich mir neu erschaffen hat. Richte Dich auf. Nein, warte noch einen Augenblick, bis ich Dich in meinen Armen aufhebe."

Er ließ sie sanft auf den Teppich nieder und schloß ihr mit seinen Lippen die Augen. Dann erhob er sich, trat zu dem Tisch am Fenster und warf Etwas, das darauf lag, mit raschem Griff in die Schlucht, die sich jäh hinuntersenkte.

„Die Luft ist völlig rein", sagte er, sich wieder zu ihr wendend, die still wie schlafend auf dem Teppich ruhte. „Komm'! Wir wollen nun miteinander sprechen wie zwei vernünftige Brautleute, die miteinander ausmachen, wie sie ihr Leben einrichten sollen."

Nun hob er sie auf und führte sie zu seinem Sessel, dem Fenster gegenüber. Da setzte er sich und zog sie auf seine Knie, während sie wie träumend vor sich nieder sah und ihn sprechen ließ, wie man einer Musik zuhört. Er sagte ihr Mancherlei, auf das sich wohl eine Antwort geziemt hätte. Aber wenn sie dann stumm blieb, sprach er ruhig weiter. Und von Zeit zu Zeit bückte sie sich auf seine Hand nieder und küßte sie leidenschaftlich.

* * *

Der Tag hatte sich aufgehellt nach einem leichten warmen Regen. Oben in den Klippen, nah am Steinbruch, irrte Eugen seit mehreren Stunden umher. Ihn hatte der Regen nicht erfrischt; unter seiner Stirn blieb es schwer und schwül und seine Augen, in die über Nacht kein Schlaf gekommen war, schweiften traurig und unstet über das kahle Hochland.

Er hatte am Morgen die Barborin über die Zugbrücke gehen und den Weg nach dem Kloster einschlagen sehen. Diesmal aber sang sie nicht und gab ihm kein Zeichen. Vielmehr, als sie sich zufällig umwendete und ihn oben am Fenster stehen sah, hatte sie, sichtlich erschreckend, das Tuch dichter über den Kopf gezogen und war eiliger bergan gestiegen.

Was sollte er davon denken? War das schon eine Antwort auf seinen Brief? Oder war eine Gefahr im Anzuge und sie wollte ihn sich nachlocken, um droben in der einsamen Wildniß ihr Herz gegen ihn auszuschütten?

Droben aber hatte er sie vergebens stundenlang gesucht und sich endlich, als die Sonne stechend zwischen den Dünsten hereinbrach, in die Hütte am Steinbruch zurückgezogen. Er mußte voraussetzen, daß sie ihn hier aufsuchen würde, wenn sie ihm etwas zu sagen hätte.

Der Ort schien ihm noch öder, als das erste Mal. Nicht einmal eine Ziege verirrte sich zu ihm. Die Spinne, die an den grauen Balken ihr Netz angehängt hatte, saß schläfrig im Winkel und wartete, daß die Sonne die angesprengten Regentropfen wieder aufsaugen sollte. Da warf er sich in die dunkelste Ecke und über dem Horchen hinaus in die lautlose Mittagsluft schlief er endlich fest ein.

Das Geräusch' eines stark herniederprasselnden Gewitterregens weckte ihn nach einigen Stunden. Er sprang auf und fühlte sich jetzt erleichtert und wie von einem unnatürlichen Druck befreit. Während er in der Tür der Hütte stehend abwartete, daß das Wetter vorbeizöge, faßte er einen klaren Entschluß. Sein nächstes Geschäft in dieser Gegend war mit der Weigerung des Marchese, seinen Besitz zu verkaufen, so gut wie erledigt, denn die Recognoscirung, die er gestern angestellt, hatte seinem geübten Blick bald gezeigt, daß jede Befestigung des Passes, die das Kastell nicht in ihren Plan aufnähme, eine vergebliche Arbeit sei. Bis an den anderen Morgen wollte er nun noch eine Antwort auf seinen Brief abwarten. Wenn Alles stumm bliebe, sollte es ihm ein Zeichen sein, daß ihm das Schicksal keine Rolle in diesem Trauerspiel zugeteilt habe.

Inzwischen hatte sich's abgeregnet und er verließ festen Schrittes die Hütte. Doch stand er oft still und sah zurück, als erwarte er hinter jedem Gebüsch die Alte hervortreten zu sehen. So brauchte er wohl eine Stunde, um den Weg bis zum Kastell hinabzusteigen.

Zu seinem größten Erstaunen fand er unten das schwere Hoftor halb offen, ein Haufe von Bauerweibern und Kindern stand davor, gaffte durch den dunklen Bogen in's Tor hinein und machte kaum Platz, als Eugen sich näherte. Im Hofe drinnen sah er einen Bauernwagen, auf dem Kisten und Koffer standen, während Barborin und eine mürrisch aussehende Magd noch immer neue Gegenstände aus dem Erdgeschoß herausschleppten und sorgfältig zwischen der übrigen Last verpackten. Als die Alte den jungen Offizier herantreten sah, tat sie einen unverständlichen Ausruf, kletterte hurtig von dem Wagen herunter und zog, indem sie der Martina zurief, das Gepäck zu bewachen, es sei dem Diebsvolk nicht zu trauen, den Überraschten in's Haus hinein, wo sie erschöpft, unter lebhaften Gebärden des Wunderns und Sich Freuens, auf Taddeo's Bett niedersank.

„Was werdet Ihr für Augen machen, Herr Capitano!“, rief sie und schnupfte, um wie sich selbst Fassung zu gewinnen.

„Heilige Mutter der Gnaden, wer hätte das gedacht! Heute früh – meinte ich doch, wir zwei würden in alle Ewigkeit kein Wort mehr mit einander reden, denn sie hatte mir gedroht, mich fortzujagen, wenn ich Euch auch nur noch Guten Tag sagte, Alles um Euren Brief, und der Herrgott, der mich geschaffen hat, weiß, mit wie viel Seufzern ich den Berg hinaufstieg, um den Fra Ambrogio zu holen, denn ich dachte nicht anders, als sie will ihm zum letzten Mal beichten und sich dann ein Leids antun, so entsetzlich hatte sie mich angesehen. Und den ganzen Weg hin und zurück nichts als Stiche hier in der linken Seite, wo ich's gleich spüre, wenn ich Kummer habe, und was der gute Frate sagte, mich zu trösten, half mir nicht mehr als Limonade gegen das kalte Fieber. Aber wie wir hier angekommen und ich frage: ‚Wo ist unsere Frau, Taddeo?' – und der Spitzbube sagt mit einem Gesicht, wie wenn einer den jüngsten Tag prophezeit: ‚Sie ist beim Herrn droben;' – und ich: ‚Du willst mich foppen, Tückebold!' sag' ich; ‚das ist ja unmöglich!' – ‚Hum!' sagt er, ‚unmöglich oder nicht, aber wahr ist es, altes Ungewitter, und wir verreisen, dahin, wo ich hoffentlich Deine gelbe Fratze nicht mehr zu sehen brauche!' – wie mir da würde, lieber Herr, und wie ich dann mit dem Fra Ambrogio die Treppe hinaufhaspelte, zwei Stufen auf einmal mit meinen bald sechzigjährigen Spazierstöcken – und droben, was denkt Ihr? wer sitzt bei dem Herrn und läßt sich schön tun, und wie wir Zwei unangemeldet hereinplatzen, springt sie auf ihre Füße und wird Euch rot wie ein ganz junges verliebtes Ding, das man bei seinem Schatz ertappt? Nun, ich sage nichts weiter, ich weiß auch nicht viel weiter, als daß ich, so alt ich noch werden mag, so einen Tag nicht wieder erlebe.

Wie das Alles gekommen – ja, du lieber Himmel, wer das wüßte! Die Martina hab' ich gefragt, die weiß aber kein Sterbenswort; selbst dem Spitzbuben, dem Taddeo, hab' ich das Wort gegönnt, und der tat mächtig verschmitzt und geheimnißvoll, aber ich merkte wohl, daß auch er nichts weiß und erhorcht hat, und darum gerade war er so schlechter Laune. Hernach aber wurde er plötzlich umgedreht wie ein Handschuh. Denn meine Frau, als sie eben von ihrem Gemahl herunterkam und ihn im Hof bei seiner Arbeit stehen sah, ging auf ihn zu und sprach eine Weile mit ihm, und gab ihm endlich die Hand, und da sah ich wohl, daß er ganz auseinander war und die Hand festhielt und küßte, was sie aber nicht leiden wollte. Und hernach sang und pfiff er, der garstige Heimtücker, und war um den Finger zu wickeln. Zu mir dagegen sprach die Frau kein Wort, obwohl sie sehr sanft und gut war, und mir und der Martina hat sie all' ihre Kleider geschenkt, die sie hier getragen. Dann zog sie selbst ein ganz weißes an, das mußt' ich ihr aus dem untersten Fach herausholen, wo es seit drei Jahren die Sonne nicht beschienen hatte, und wie sie fertig angezogen war: ‚Meiner Seele', sagt' ich, ‚Ihr seht ja förmlich aus wie eine ganz junge Braut.' – ‚Ich bin's auch, Barborin,' sagte sie, ‚und nun komm' mit mir.' – Und da ging sie vorne in die Capelle hinauf, da war schon der Marchese und auch Taddeo, und Fra Ambrogio ließ die Herrschaften beide auf einen Schemel am Altar niederknien und sprach den Segen über sie, als würden sie da zum ersten Mal zusammengegeben. Und ich heulte vor Freuden, und sah, wie auch der hartgesottene Sünder, der Taddeo, den Mund und sein eines Auge verzog, aber geweint hat er denn doch nicht.

Ach, lieber Herr, was haben wir erleben müssen! Und wie anders ist es gekommen, als wir noch gestern um diese Zeit dachten! Denn kaum war der Pater fertig, da stand unser Herr auf, küßte die Frau auf den Mund und führte sie hinaus. Mich sah er nicht einmal von der Seite an, aber ich merkte doch, er dachte nicht daran, mich totzuschießen. Er führte seine Frau, ohne sich irgend aufzuhalten, hinunter und über den Hof und zum Tor hinaus, so wie sie ging und stand, und der Taddeo hatte nur noch Zeit, mir zu bestellen, ich solle Alles einpacken und morgen mit dem Gepäck den Herrschaften nachfahren, und dies Briefchen, sagt' er, sei für den Herrn Österreicher, also für Euch, und im Übrigen könntet Ihr ihm, nämlich dem Taddeo, gestohlen werden – der schlechte Kerl, der er ist! – und dann lief er den Herrschaften nach, die noch draußen auf der Brücke von Fra Ambrogio Abschied nahmen. Seht, das ist Alles, was ich weiß. Vielleicht steht das Übrige in dem Briefchen hier."

Das Blatt aber, das Eugen in seltsamer Bewegung beim letzten Tagesschein entzifferte, enthielt, mit Bleistift von der Hand des Marchese hingeworfen, nur die Worte: „Ihr seid ein Ehrenmann. Ihr werdet wissen, was Ihr der Gastfreundschaft schuldig seid. Lebt wohl!"

Eine Stunde darauf, als er in tiefer Dämmerung mit einem Knaben, der sein Gepäck trug, den Berg hinunterstieg – er hatte sich nicht entschließen können, trotz Barborin's heftigem Zureden, noch eine Nacht im Kastell zu bleiben – sah er unten, wo die Steine im Bett des Wildbachs weiß heraufschimmerten, etwas Glänzendes, das ihn, ohne daß er wußte warum, zu dem halsbrechenden Umweg in die Tiefe lockte. Er hieß den Knaben warten und stieg von Klippe zu Klippe hinab, die Augen fest auf das Blinkende geheftet. Als er es aufhob, durchzuckte ihn eine seltsame Empfindung. Er zweifelte keinen Augenblick, daß er dieselbe Uhr in den Händen hielt, die so viel bittere Stunden gezeigt hatte seit jener ersten entscheidenden Mitternacht. Nun stand sie für immer still, das Werk war zerschmettert.

Der Finder steckte sie mechanisch in die Tasche; er dachte wohl daran, sie zum Andenken an diese Tage aufzuheben. Als ihn aber in dunkler Regennacht ein Kahn nach Riva hinübertrug, zog er plötzlich mitten auf dem See die Uhr hervor und warf sie über Bord.

Zeitfracht Medien GmbH
Ferdinand-Jühlke-Straße 7
99095 Erfurt, Deutschland
produktsicherheit@kolibri360.de